客製死亡

麟左馬 著

給 奶奶 李陳不治

筆者序

感謝您掏錢買下《銷售女王的五道心法》。也感謝銷售女王梅勝霜大方讓代筆人自由運用採訪所得，寫出她的完整經歷。她甚至願意讓我用任何形式成書，好把這段期間我們共同研討過的銷售心法跟案例清楚傳遞。您接下來將讀到銷售女王梅勝霜一世戰績的精華總結，她甚至在銷售面之外，還慷慨分享自己精微有效的客戶管理。

《銷售女王的五道心法》不像坊間的商業工具書，單純介紹銷售手法與案例，而是把實際發生的頂級銷售內幕，以及女王級心法的廣泛應用，都在書中完整呈現，以求本書讀者能收效最高。您接下來的閱讀體驗，不是銷售要訣的子彈式列表，而是程遠採訪梅勝霜這段時間裡，一場銷售實戰的完整紀錄。

本書除了詳盡記錄訪談過程，也額外針對相關銷售案件完整獨立調查，透過理解銷售女王的思路，更能從源頭體會女王級銷售心法如何煉成。甚至，程遠在訪談梅勝霜的過程中，因為學會銷售女王的祕技，成功實踐，售出人生中第一筆大單，足證本書績效。引用銷售女王的原話：「能引發預期行動，才叫有效銷售。」這本書能出版，就是有效銷售的成果，您會買下這本書，也是本書的成功銷售案例。

最後，感謝成書過程中給出極大幫助的德雯、波波，開發這個企劃的總編莊司，還有對代筆傾吐一切的案主梅勝霜，沒有他們就沒有這本書。

補充說明：採訪過程中，梅勝霜沒有說過半句假話。雖然大家對銷售員的印象應該是連唬帶騙，不擇手段掏你口袋，但銷售女王堅持靠欺騙成交不算銷售，只是詐欺。這是女王唯一堅持的銷售原則。

心法一：收斂目標

第二次見到梅勝霜，迎面而來的是「濃麗」。被她精緻的全妝和飽滿的秋色上衣，還有看起來人高腿長的黑高腰長褲視覺衝擊，我卻顧著在心裡釐清「濃麗」跟「明豔」的區別：為什麼我直覺她極為濃麗，而非甚是明豔？雖然只是我心底的評價，但既然要採訪人家，總要精準呈現形象。我認真想了一輪：通常明豔照人的形象得要五官鮮明，而且深色、淺色的明暗對比強烈，才顯出眉目如畫。開門讓我進去的梅勝霜，眉眼的確濃郁顯色，但暈染的眼尾就顯得沒那麼乾淨，加上濃紅深黃的黑底上衣，氣場強到可以去演總裁女帝或黑道大姊逼我嫁。她站在灰石玄關前墊高的木板地上，頭只到我肩膀，氣勢卻足足有兩公尺。

我想挖個洞埋頭。原以為約在案主家裡，一定是案主最放鬆的狀態，就預設氣氛要盡量輕鬆家常，結果案主在家裡受訪，穿得像要上鏡頭，我倒是穿得像來扛器材的攝影師。我的小白鞋非常休閒，幸好牛仔褲是深藍不是淺藍，沒有刷白、沒有擦破、沒有亮黃銅鉚釘，但也遠不是正裝。墨綠襯衫上還有看似碎花的黃色小袋鼠，勉強算是

business casual，但一放到她氣場全開的濃麗全妝跟高腰寬褲面前，簡直是穿運動服去跟高階主管面試的實習生。下次不敢了，但這次已經來不及。

「梅小姐平日在家打扮就這麼出眾，我這樣穿只能應徵長工。」自我解嘲算是化解尷尬的基本款，但我沒有解到。

梅勝霜不置可否，只用眼神示意我坐在進門後大理石長茶几旁的原色皮質圓凳上，她自己坐了另一顆方凳，睫毛纖長、根根分明。她穩穩坐在皮凳上很剛好，我兩顆膝蓋晾在半空，往桌邊伸會卡死，往她戳又太近身，兩腿開開更是沒禮貌。整個畫面浮出剛打完球的臭男生跟香香的女生一起搭車的尷尬感，明明我就有洗澡。

圓凳的皮質一摸可知很高級，但是沒有靠背，不是給人久坐的設計。從我坐的角度可以看到進門右手邊，正面一扇香檳金框落地長窗，窗邊有設計感很好的一桌一椅，是可以享受陽光的咖啡閱讀角落。窗右有一道圓弧形的半牆隔開，應該是採光不錯的小空間。窗左雖然被及地的麂皮黑絨簾擋住一半，也能看出是一整間家庭劇院：黑牆、黑頂、黑地板，深紅皮沙發前後兩旁的木質落地音響，還有圓拱天花板上嵌的投影裝置，都是不用看廠牌也知道很貴的傢俬。雖然還沒去廁所，已經可以想見，這就是廁所比我整個家還貴的那種豪宅。

如果換個平庸寫手來，已經開始用住宅內裝之昂貴來表現案主多麼事業有成。再平庸一點的寫手會從居家擺設風格，把梅勝霜描述成有條有理的人，然後從這個粗淺結論去想辦法連上銷售女王的手段。我不是那種寫手。

「行銷，是賣一個商品給很多人；銷售，是揪出一個人會買什麼」

無論梅勝霜她房子怎樣，也可能是別人幫她打理的，就像我接下來要寫的這本書一樣，有錢人不用親自動手。很多案主根本不知道要怎麼產出內容，把自己經驗拿出來聊聊就期待寫手幫忙寫出一本像樣的書來。那種案主提供的內容頂多成為花絮，整本書都靠代筆生出來。不知道銷售女王是哪一種案主，但就算她是最軟爛的那種，我也能自己交差。我的訪綱就是一整套備用大綱。

不是我狗眼看人低，實在是銷售員這種職業屬於臨機應變型，不容易有一套完整的方法論。從我的代筆經驗看來，職業的類型直接決定案主的組織能力。需要找人代筆的案主，不是像三巴電子執行長那種當然沒時間寫書的大忙人，就是像投資達人那種雖然有個執行架構，但絕大多數時間都憑直覺判斷的人。我猜銷售員的層級跟投資達人差不多，都沒辦法自己生出一整本思路清晰完整的工具書。

「梅小姐，您對這本書的結構，或是章節，有個大致規劃嗎？」我邊說邊展開封面用粗黑麥克筆寫上「銷售女王教你賣賣賣」的線圈筆記本，很俗我知道，所以趕緊翻去內頁。

「賣賣賣啊……」梅勝霜還是看見封面了。

「那只是出版社暫時的計劃代稱，最終書名一定會跟您商量後確認。封面設計也是，以您的喜好為主。」我手掌掩住羞恥的企劃名稱。

「你賣我個東西。」梅勝霜把眼神從筆記本封面抬上我的臉。「不跟我學會賣東西，你這本書不可能寫好；你要是賣不出去，就是沒學會。這樣，你如果連賣我個東西都沒辦法，我就不付代筆費；你要是成功賣東西給我，我就付你兩倍！」

雖然成交權握在她手上，可她說得不無道理。

「賣您什麼都行？」

她點頭。我心裡想到的是賣筆的例子：給你個不得不買的需求。像是賣你一支筆五十美元，用來簽一張一百美元的支票，你買是不買？「買單」這個說詞，既可以用在願意接受價格，也可以用在願意接受概念。的確，人一旦接受了一個概念，就會願意為價格買單。

「如果您買單我的概念：『程遠的服務品質只給五十萬算虧待，他的代筆費值一百萬。』加上成交獎勵，代筆費就是兩百萬對吧？」我腦子轉這麼快的人，馬上提出新解：

概念是金額，而價格是賭約。

「沒錯！」

一賠四，我不賭就是不尊重數學。數學告訴我，我賭輸了，雖然會浪費掉這段時間的機會成本，可一旦贏了，就終於可以無後顧之憂，換掉被前一個房客的大屁股壓到凹陷的舊彈簧床墊，甚至搬到沒有壁癌、不用冬天洗澡洗到一半去陽台換瓦斯桶的新公寓。輸了，大不了多供雜誌幾份稿賺回生活費；贏了，甚至能賺進第一桶金還有剩下頭期款。

「您這不就剛買單了我提的賭法？」

「我開了賭盤，你只講了價而已。觀念都分不清楚，我看你還不行。」

哪個男人能被人說不行？

心念一轉，我問：「您想將自身經歷出版成書，一定有深刻的原因。我們從這裡開始？」

從進門到此刻，梅勝霜第一次正面對我的臉講話：「我這輩子練出一身好本事，不寫本武功祕笈來傳給人怎麼好意思？浪費。我先把你給教會，你就可以幫我寫書把大家教會。你這樣還是只值五十萬，我還沒扣你學費。」

我發現她還算滿有幽默感，在我代筆過的案主裡能排進前三。

「妳不就看到我幫三巴長公主寫的自傳才找我寫？指名不用付指名費嗎？」這話一旦講出口，就是在指責案主，只有菜鳥才會這麼衝動。

老鳥如我，出口的是：「您讀過楊立功的自傳，喜歡我寫的哪一點呢？不管您喜歡哪一點，從我們第一次訪談到成書，我都能貫徹這項優點，而且會更努力寫您的書，為您貼身客製化。」

「你有拷問出楊立功自己可能都沒想過的心態。」她右手拇指伸出來，比了個讚。

「要寫出您的功力，一定得談探花廛的銷售業績。您怎麼讓當時就負擔不起的安東尼成交？」既然她喜歡被拷問，老子就用實力證明自己值那個價！

挑最辛辣的問題開場，先兵後禮。我大概沒膽子這樣訪長公主，這樣訪訪銷售女王應該還行。探花廛是個樹大招風的建案，才啟用不到五年，已經有五個屋主涉案被調查、兩個屋主被定罪、兩個屋主非自然死亡，這裡頭超過一半是銷售女王的客戶。績效驚人，後果不堪。

探花廛落成時，是首都市中心史上單價最高的集合住宅，建案一半以上的戶數都由梅勝霜售出。這種頂級建案，卻在住戶陸續進住後，一度被嘲諷為犯罪率最高的社區，而且全都是白領犯罪。從挪用公款到虧空公司，還有內線交易和權勢性侵，探花廛的營建公司老闆還涉入官商勾結，不當取得容積獎勵，淨是有錢有勢的人才幹得來的犯罪，還特別貴，不愧房價。安東尼本人倒是沒有犯罪事實，只是從空中花園一躍而下，下場沒比他的罪犯鄰居好多少。

新京城四少裡，安東尼絕對最高最帥，但富裕程度和其他財閥之子比起來，只算小康。但既然「新京城四少」這組頭銜由時尚雜誌啟用，安東尼的一張帥臉跟寬肩削腰，注定他在封面站中央位。我朋友的朋友表示：安東尼只需要底妝跟修容，其他三少都需要「精修」。封面正中央濃眉杏眼的安東尼，除了用來美化照片，還能讓另外三少借位掩飾身形缺點。在高、富、帥這組嚴苛評選條件下，當時首都圈的黃金單身漢安東尼，是身後沒拉黃金馬車的白馬王子。

高富帥齊備非常難，我身高能傲視其他男人，另外兩項這輩子休想。

我掏安東尼出來提問，倒不是因為他帥，而是我對這位業主有別於其他住戶的興趣。安東尼從探花壟頂樓墜地的時間，不是個跳樓的好日子，我記得很清楚。當天是久雨乍晴、杏花初綻，全市一掃陰霾的春日。沒有比這更不適合赴死的天氣了，連空氣裡的草葉氣息都叫人貪戀，幹嘛不多活一天？我甚至調查過：安東尼沒有花粉症等春季過敏，所以當天對他應該是舒適的日子。日出時間大約在5：48。安東尼落地的6：03，正是台北盆地山緣露出曙光的日出美景，他卻連最後一次晨曦都不貪看，直直墜地。一整排阿勃勒才耐過春雨，趁回暖放晴，爆開得燦黃盛麗，安東尼落在兩樹中央，一滴殷紅血花。帥哥連死，屍體都置中，配色甚至很美。

之所以記得那麼清楚，是因為我當天格外春風得意：以兩年不到的政治線記者資歷，晨會時被總統府發言人點名提問：「深傳媒 程遠」。官爺一般都只會看著媒體手卡，點記者手上的媒體名稱。普通政治線記者光是不用掏記者證、刷臉進總統府，已經是職涯高峰，我卻被發言人記得全名，甚至在濫用行政命令這種敏感話題上指名我來提問，豈止殊榮？簡直殊勝！春風拂面的日子，看見財經線發了安東尼的自殺判定，無法理解白馬王子怎麼會挑一個連春寒都凝成晨露的怡人暖日來跳樓。至少警方所有調查都明白顯示無他殺嫌疑，也不是意外墜樓。

安東尼的眼鏡拔下來，鏡腳收起、整整齊齊放在頂樓牆頭，典型戴眼鏡者的跳樓前奏。視線模糊大概能減少墜落的恐懼感吧，也可能只是再也不需要視力了。像走進海浪之前脫鞋，身外之物減一件就少一件。他甚至在眼鏡鏡腳上，套上原本無名指上的婚戒。雖然沒有任何遺書證明婚戒的意義，但從照片上看來，他光滑閃亮的白金婚戒被鏡腳一抬升，就不需要接觸到糙面磨砂且有落塵的矮牆，能維持光潔。一般而言，無論是投海、跳樓、上吊，自殺前從身上特地取下的，都是寶貴的事物，或者想留給特定的活人。

樓梯間監視器精準記錄安東尼從家門口到落地的時間，共三分十七秒，剛好夠搭電梯到二十一樓後，再爬上頂樓，脫下眼鏡與婚戒，再爬上矮牆。我實測過，最少需要兩分四十三秒。地心引力讓落地時間短於一秒，可以忽略不計。有錢人家，連電梯都比別人快，不給人稍停。他幾乎沒有任何自殺者常見的猶疑，一上樓就墜樓，跟他做生意的狠勁一樣俐落。此外，被墜樓的人，通常都會人頭點地。安東尼的腳先著地，是非常標準的自盡姿勢。無論誰來調查，都會認定安東尼是自盡。警察當日就結案。只要不是他殺，動機或背景資料對警方就絲毫不重要，只會確認死者身分到足以歸檔的程度。

「你覺得他幹嘛要買探花廛？」梅勝霜反問。

「因為探花廛鬧中取靜，是首都市中心最後一塊有花園的風水寶地？」我給了最無聊的答案，想激她用力指教。

「你就這樣賣安東尼？小甜甜來你也用同一套賣法？那印一疊銷售手冊就好了，憑什麼要你來賣還付你佣金？」

「請您教我怎麼賣探花廛給安東尼。」

「你要賣探花廛還是賣安東尼？選一個。」

我選借廁所。

從視聽室和餐廚中間夾著的走道深入，上廁所的短短路程，讓我終於有機會探進她房子深處。這房子的開放空間有好幾個，我和她對坐的位置，在餐廚吧台區和視聽空間之間，一張低長大理石几和兩墩皮凳，可以算是一個獨立小空間，也可以算是個過道。餐廚區只有吧台跟高椅，而視聽區一整條深紅沙發，沒有面對面的座位。我開始理解為什麼選擇坐在那裡訪問。這裡的確不是傳統設計上的客廳，甚至可能不是原本的使用方式。整個房屋格局裡，沒有一個人與人相對而坐的空間。她應該是獨居。

廁所，客人唯一可以光明正大進去裡頭攪和好幾分鐘的地方，怎麼看都不是常與其他人共用的空間。馬桶坐墊套和腳踩墊，是清新的天藍色絨毛套組，讓我有點緊張。男人總是隨時會滴在桶心到兩腳中間的任何位置，天藍色絨毛是被黃色液體滴到很難維持的乾淨色系。我還格外小心，連踢歪的腳踏墊都推回正中間。我覺得她平日訪客不會多。

走道上其他房間不是關著門，就是我一旦探頭進去，就會被看見。只能在路過的幾秒內，把觀察力和圖像記憶開到最大，記住那個空間的模樣。走道底的那扇門，在廁所旁邊，又比廁所深很多，以房子的外觀大小來推算，應該是主臥室。因為一般水管會安裝在同一個區域，很可能主臥的浴廁也就在我剛剛尿尿的這個低矮馬桶廁所牆後。而且門縫底下透出的光色是自然光，表示有對外窗，合理推測是主要起居空間。那走道的廁所對面，底下完全沒有光的門縫是什麼房間？

移動的好處，是可以不斷改變視角，用相對位置推測出空間配置。從內室走道出來。我發現視聽空間的音響角度和投影幕，很明顯有一個最佳視聽點：坐在那張長沙發的正中間，才有最佳觀影經驗。只有一個點，而不是一整張長椅的位置。視聽室顯然是一整個為單人設計的空間。

最大的可能性是她單身且獨居，但這切入點推進不了對話，是個死題。我需要更多判斷，才能打破她對一般代筆寫手的期待。房子除了昂貴精美，還透出另一項訊息：她的空間配置一點都沒耗費在備用份額上，每個環節都得為這個獨居者服務。換言之，她得清晰無比知道自己要什麼。

「你是不是分不清楚行銷跟銷售？」她瞇起眼睛問。「這兩個東西是什麼？」

「Marketing 跟 Sales？」

「英文不錯。」梅勝霜正眼看我：「行銷要搞懂市場，銷售是要搞定人。你強打產品的好處，但是賣點呢？真正讓人買單的賣點，要從掏錢的人身上找。」

「產品優勢不就是賣點？」

「我房子這麼讚，你會買嗎？」

我點頭，又搖頭。

「安東尼也絕對不會買我房子，他要的就不是這個，他要的就是買不起。」

「難道是妻不如妾，妾不如偷，偷不如偷不著？」

「呵呵～」有笑就是有反應。我內心吶喊Yes！人一笑就會打心底放鬆，案主才會開始透露本來藏比較深的想法。「咳！咳！咳！」她笑到嗆到。

「是沒那個屁股又要吃那個瀉藥。」她語氣一轉。

「所以他會買單是因為想吃瀉藥，還是因為沒那個屁股？」我就是要維持這種輕鬆氛圍。

「因為沒那個屁股，又想要自己吃得起瀉藥。」

我聽懂了：她是喜歡用譬喻讓聽者感到情境生動的那種人。這種人不乏表演欲跟掌控欲，我要給她舞台來表演，才能得到最多資訊。

「如果我是安東尼，走進展售間。我做了什麼，讓您發現我沒那個屁股？又做了什麼，讓您發現我會吃這個瀉藥？」

「你走進展售間，我幹嘛花時間賣你房子？」梅勝霜從鼻孔哼氣。「你一發現自己沒那個屁股就放棄吃瀉藥；人家是就算賣屁股也要吃到那個瀉藥。」

我突然有一個和她、和銷售心理學、和採訪都不相關的體悟：原來男人在女人面前，光是提到性，就會顯得非常危險、充滿攻擊性。我平時一點感覺都沒有，因為沒有女人能隨便侵犯我這麼高的男人，我就是體格強者。但是梅勝霜一提及賣屁股，雖然賣的是安東尼的，還是讓我覺得自己處於隨時可能被侵害的危險裡。梅勝霜體型挺嬌小，但是她無論是金錢或權勢，都遠在我之上，而且我有討好她的需求。只要強者提及能發生的暴力，對可能遭受暴力的弱者，就是警訊。我感到不舒服，又不可能要求她不要用性來譬喻，還要主動接下這份生動的譬喻，因為打斷案主的話頭，不在我的選項之內。

「安東尼自己哪懂賣屁股？您怎麼就幫安東尼把屁股賣到吃得下瀉藥？」

「有瀉藥或別人的屁股來抵押的話，還可以多借幾個屁股來投資喔～可是安東尼沒有，他連上次用剩的瀉藥都沒有，他就是個第一次賣屁股的。頭期款能談到兩成已經算極限，但他連兩成都很難拿出手。我幫他談到自備十五趴，銷售女王不是在教你賣賣賣，是在幫你買買買。」她還記得我那羞恥的企劃名稱。

「要買到百分之八十五這麼極端的貸款成數，只靠客戶一定不成，您少不得要貼一點自己的人情和信用進去。您怎麼選擇為一個沒那個屁股的人做這麼多？不可能對所有客戶都這麼掏心掏肺吧？」就我的經驗，有錢人都很討厭被浪費時間。

「確實不會幫每個客戶都這樣喬。」

人海茫茫，篩出值得你費心的

人都渴望被理解，但很少人能得到傾心聆聽的對象。我代筆的案主多半有錢，也或多或少有權，找個能聽她講話的人不難，但一個懂得怎麼深入提問的對象，靠錢真的買不到。我靠提問挖掘出長公主深埋的心靈碎片，但最重要的訪問技巧恐怕是：知道什麼時候該閉嘴。

我定睛，胸口跟雙膝正面朝她，錄音筆和手上的紙筆也擺出準備妥當的架勢。

「你去旅遊，上一次廁所一歐元；要是能挨到吃中飯順便在餐廳解決，免費。你付不付一歐元？」

我搖頭。

她開啟屁股與瀉藥以外的隱喻框架，猝不及防。從屁股、瀉藥，甚至安東尼、小甜甜開始，某個時間點後，她說話方式就變了。掉進屁股與瀉藥這個糞坑之前，她講話非常犀利，直通要點。她慣用「我」或「你」開頭，完全不給人搞不清楚她要對誰講什麼的機會，然後我就掉糞坑裡了，頭殼裝屎，只能盲猜瀉藥是探花鏖、屁股是安東尼的錢。

「那就是你尿不夠急。」

我食指從自己腿間劃一道拋物線到地上。

梅勝霜笑了。「如果你不是想尿，是屎已經在滾了。翻不出一歐元，你也會塞我十歐要我先開廁所門等一下再找錢。」

「安東尼屎在滾？他很急嗎？」我又回到糞坑底。

「時間，就是客戶和商品的距離。屎在滾的人，比任何人都保證能成交，因為他要的東西自己搞不到。找出成交距離最近的客戶，把力氣花在他身上，最有效。拿著貨找人買，不如找到人之後直接把東西放到他鼻子下。人海茫茫，你要挑出那個屎在滾的，他看見廁所就會自己把錢掏出來。」

雖然還是沒脫離糞坑，但話題至少進入商品跟銷售環節。

「您怎麼辨識出安東尼正是那個屎在滾的客戶？」

「你走進來看探花塵，你會先看什麼？先問什麼？」

我哪知道？我此生還沒自己去看過新房子。我只知道她現在進入超直接說話模式，是最容易觀察的時刻。

「應該是先看看樣品屋，了解一下屋子可能的樣子。」

「裝潢是最容易改的條件，那才是最不需要看的東西。」她停留在超直接模式，很好。「安東尼一進來就問：『還有誰買了？』」

單靠自己，我需要一整個小時來理解這道資訊，不是逞強的時候：「您怎麼回覆？」

「不可能洩露其他客戶資訊，又要回答安東尼最在意的問題，就要知道他幹嘛問這個。」她望向我；我望向她。「探花廛的單數樓層和雙數樓層分別用兩座獨立電梯，我只問他有沒有不想碰到的鄰居，有的話我可以告訴他在單數或雙數樓層。買得起的人又不多。」她回問：「安東尼做了跟你完全相反的事，你想想他幹嘛問這個。」

尿遁換時間這招已經用過，我得硬上：「他在意實質居住條件，勝過能改造的硬體條件。」我知道自己在講不會錯但也絕對不對的廢話，但我應該講絕對不對但有趣的幹話，她比較會買單。

「所以你覺得房子就是買來住的，衣服就是穿來保暖的？」她說的是問句，但我怎麼聽都像是判斷句。這句話其實是「你一發現自己沒那個屁股就放棄吃瀉藥」的回音。

「安東尼想知道誰用房子融資？」

她大概對我很失望，不管是對銷售的理解，或是拷問案主的能力，都聽起來毫無天分。

「千金買鄰，探花廛是還沒訂價的名牌，安東尼是想用買主來定義這張名牌值不值得他賣屁股來換？」

梅勝霜嘴角翹起，不再是剛剛那個不經意或不耐煩的表情。

我目不斜視，手裡的筆也毫不放鬆，握在隨時可以記事的角度，頭微微一傾，用整個人的姿態逼問細節，不容她溜過：「安東尼最後因為吃不起的瀉藥，現金流被卡死。您在幫他絞盡腦汁找出可行的貸款額度的時候，應該已經發現他的財務狀況不適合買探花廛，您當下為何不收手？賣出不適合的商品，造成客戶損失，您後悔嗎？如果早知他會因為這棟房子而死，您當初還會費盡心思成交嗎？」我問完這一串，同時逼自己目不轉睛地望向梅勝霜。

進屋以來第一次，她與我四目相接。

「我憑什麼幫客戶判斷他適不適合買？」

我意外非常喜歡這個答覆。

♥行動目標：戮力服務你精挑細選的客戶

「您賣給安東尼的，不只房子，還有貸款吧？」我想讓她知道，我已經不把交易單純視為銀貨兩訖，任何知情同意，都是一種買單。「是您把貸款業務賣給安東尼？還是那位業務把自己賣給您？」我透露自己調查過安東尼，有備而來，不是路上隨便抓一把就有的代筆。

她嘆口氣，回我：「房貸有彈性是很強的銷售武器，我也有長期配合的幾家銀行，只有巴陵那個業務最敢貸，成數開到八成五他都貸得過。只要把還款期限壓短，前期還款拉高，他都願意試。」

「信貸也是同一位業務員嗎？」

梅勝霜抬眼看我，第一次露出訝色。

「他就很敢貸啊！」她前一句解釋的句型還很迂迴，這句回應就非常直接。

我也知道他很敢貸，才會有後面的信貸。信貸是後來的事，與房貸無關，但除了這次房貸跟信貸，安東尼與巴陵銀行，此前沒有任何往來。安東尼開啟與巴陵銀行一系列金融往來，同時也開啟了財務不自律之路，誰知道這條路最後會走成安東尼的自盡之路？

梅勝霜賣安東尼探花廛的那一刻，推他上人生高峰：「Sonicandict 創業家的空間哲學」，憑探花廛屋主這個稀貴身分，安東尼繼登上時尚雜誌展示有錢帥哥怎麼穿搭之後，又登上室內裝潢雜誌大秀年輕創業家怎麼布置房子。他的身分跟形象當然是 Sonicandict 品牌價值的一環，登上高級裝潢雜誌，絕對是提升品牌形象的正確商業判斷。裝潢雜誌卻沒寫：他在人生高峰，毫無理由地借一大筆信用貸款去投資期貨。

沒人想打沒勝算的仗。安東尼一定是覺得自己能賺，才會去信貸，投一大筆期貨。我不是投資專家，問了理財專員和交易所的第一線工作者，都說在安東尼購入的時間點，那幾筆期貨不是奇怪的選擇，只是比較需要運氣。當然，安東尼運氣很背，才會遭受虧損、信貸、房貸的三重夾擊，現金缺口潰堤，償還期限一延再延。沒有遺書，但這應該是安東尼跳下去的原因。

買超貴的房子，錢只剛好夠應付探花廛的頭期款跟月繳貸款，現金流動性被房貸卡得很死。一旦出個意外、突然出現一筆很大的支出，例如醫療費用，就會馬上出現短缺。結果他居然在毫無財務彈性的處境裡去借信貸，搞到還不出錢要違約，新房子要被抵押拍賣。只看安東尼這兩件事，他就是一個毫不理性亂花錢的紈褲子弟，但他以前不是這樣，至少遇到巴陵銀行那個業務之前不是。

安東尼是新京城四少裡，唯一一個自己出來做生意還成功的，靠爸指數很低。他前一家公司也算成功，出售後的盈餘夠他再開一家公司。Sonicandict 是擁有二十六項專利的新創公司，安東尼在創辦時是技術長，甚至是技術入股，不是主要投資人。這次由安東尼主導的商業併購，也是大公司巴望傳媒看中他們公司的技術。他就算沒有與生俱來的高富帥，也可能憑自己走到這一步。能買探花廛，更證明他收入很不錯，公司在他主導下成功合併的話，也一定會有獎金，那他個人財務就算出問題，都還有轉圜餘地。除了被盜帳號，我想不出安東尼怎麼會搞這一齣。

案子看得夠多，知道自殺往往真的是一時衝動、一時失控就失足了。但安東尼在跳樓前把一切安排得細匀妥貼，顯然知道自己一死必定連累公司併購的售價，提前把自己除了公司股份以外的資產，分別轉到妻兒名下，這樣他本人一旦破產被追討債務，保底資產不會被拿去抵債。預謀，證明計劃自殺。至於他所持有的公司股份，在他死後新聞發布一個小時內，預估併購成交價格腰斬。他才不是一時衝動，他一直以來都是非常理性處事的人，對錢尤其是。

所有人都確定安東尼是自己跳下去，沒有人架著他、沒有人拿槍逼著他跳，才不是一時衝動。從他自始至終沒有挪用公款，也沒有利用職權來處理私帳，怎麼看，他的道德操守都遠高於他的權貴鄰居。安東尼過往處理個人財務的時候，也屬於高度遵守紀律的股市投資人，從不追高，也不炒短線波段。那他幹嘛這樣惡搞自己的財務？

明明可以靠外貌，偏偏要憑實力；明明可以接家業，偏偏要做新創；明明可以跟家裡借錢來擋一陣，偏偏要孤身扛下債務重擔；明明可以等到併購後拿獎金來償還貸款，偏偏要去死讓併購價格腰斬。安東尼就這樣在明明跟偏偏之間結束一生，我看不穿。

我看不穿，理由有三。

一個長期理性的人，突然連續做出好幾個非理性決策，其中最不理性的就是自殺。任何有安東尼這種條件的人，都不需要去死。安東尼的父親白手起家創立冷鏈運輸公司，至今還是正常營運、財務健全的正資產，而且沒有個人負債。安東尼幹嘛不向家人求援？

可嘆，無論是購入豪宅、豪賭投資，還是自殺，安東尼的家人全都不清楚，事後才被第三方告知。但以接觸頻率和場合而言，安東尼與家族的關係應該非常正常，甚至良好。安東尼父親手術住院時，次子安東尼有兩次以上陪病過夜的紀錄。明明安東尼的家族相當富裕，這種人根本不會因為個人債務走上絕路。但家人對購屋到自盡這段時間的安東尼，一無所悉。也就是說，安東尼缺錢，沒去跟家裡調頭寸，而是去死。這中間的斷裂，是在家人情感上，還是其他無關家庭的幽暗角落？

「我都白手起家了，還要被因循苟且的記者寫成『最強富二代』？」這是安東尼還在前一家新創時的受訪反應。還沒憑自己的資歷和資本建立最後一間公司之前，他的成就還不足以令人不提他的家世。由此可知：安東尼認為自己很努力、被稱讚家世不是他喜歡的事。

這都不足以判斷他和家族的關係，只能證明他認定自己的努力不是依靠家族餘蔭。很多富二代有這個想法，只不是每個富二代都有安東尼的骨氣，既不進入家族企業，也不從事相關產業，只是從自己的專業裡一步一步往上爬。不過說穿了，單就是別人要貸款的時候，看你是富人家的兒子，也願意貸比較多給你，因為風險比較低。至少這能說明安東尼有不靠爸的心態，比較能理解為何不向家族求援。

就算安東尼真的是不想靠爸好了，他選擇跳樓的另一個蹊蹺處，是時間恰恰好落在公司和併購者簽約的前一週。等簽約完，持股漲起來再死不好嗎？還能多賺一筆來留給妻兒過日子。一週，在一般人眼裡只是一個上班日與休假日的循環，但媒體人都心知肚明：一週，是一件新聞的聲量週期。

一般新聞若沒有個大爆點，不會在發布當下就衝上最高流量。話題通常需要至少一天來發酵，觸及多個分享節點後，才有機會從新聞變事件。每個事件有自己的運勢，要剛好遇上爆點，才會觸及到本來對此不關心的人。從事件發酵到被淡忘，消息擴散最多只有三天壽命。三天之內沒有新的觸發，就會凋零。凋零的過程還有機會觸及到一些資訊更新速度本來就比較慢的人，往往也有兩到三天的續命期。一週後，一旦沒有後續事件，就淪為舊聞。新聞世界不存在長尾效益，無需期待。

新創公司被收購前，主導合併案的執行長因為個人財務出問題而跳樓自殺，無論跟公司有沒有關係，估價都會跌。而且估價觸底的時間一定在一週內發生，因為慌。人一慌，投資信心被未來不確定性抽光光。從底價到破盤價，中間的跌幅就是安東尼之死的價碼，比他本人背負的所有債務還高。死後創造比生前更大的負市值，安東尼地下是否有知？他在閻羅殿裡照出業鏡裡的自己，會不會脫口而出：「千金難買早知道，早知道我就晚一個禮拜跳！」

第三個理由我也還看不穿。

「安東尼明明沒有再借款的條件，還幫他辦了信貸。如果是您，要怎麼達成巴陵那位業務員的極端銷售？」

「他是很會賣，連已經被我賣到口袋掏光的人，都還能繼續賣他東西。」梅勝霜第一次停下來想自己要說什麼，一晌才接：「能幫客戶找到現在不買以後會後悔的東西，客戶就算去借屁股也要買到。」

「您是說：銷售的主體不是商品，而是滿足客戶需求？銷售的本質不像是一般以為的強力推銷，而是找出購買者與商品間的強力連結嗎？」我找出銷售的新切入點了。

「欸，對。你講得比我精準很多，這樣寫比較好。」她補充：「我賣的是探花塵，他買的是人生進階。你找出銀行業務怎麼幫安東尼進階人生，大概就能找出安東尼跟他信貸的理由。」

從對話裡抽繹出值得書寫的意義，取得案主信任，是我每一場初訪的必備進度。下次應該可以多花點力氣探探怎麼賣東西給梅勝霜，她有什麼買單的理由？

下山，離開梅勝霜在陽明山上的別墅，整理一天的採訪所得。通常第一次見面，能搞清楚案主想要什麼，順便釐清如何和案主順暢溝通，是最主要的任務。這天算是不差，雖然沒有非常多具體的銷售案例，但得出銷售的本質是媒合服務而非商品推銷，這個稍稍異於常識的觀念，應該可以當成全書起手式，以及日後採訪的切入點。

不用推銷，而是用媒合來看，買主的主動性會比賣方高很多。好的銷售人員為買主選物，也許是比為賣方銷貨更有效率的成交方式。換言之，如果已知安東尼就是想要買不起的矜貴房子，直接推他採花廛，會比在展售廳守株待兔更能成交。

我承認自己花太多時間在安東尼身上，悖於常理。但既然是實際案例，案主又反應很大，我也算挖出一些新資訊。

安東尼一切失序都從決定買採花廛開始。巴陵銀行那位業務先推了一把，梅勝霜再把安東尼買豪宅有多不理性講得屎尿俱下。髒話、粗口，或者性跟禁忌這類髒穢的話語，本來就是人類轉移壓力的直覺手段，所以斯文的人進鬼屋也會一路罵幹。梅勝霜一遇上安東尼的話題，就開啟屁股模式，而且講話的主詞也隱沒，跟她提到自己信心十足的銷售觀念剛好相反。安東尼也許是銷售女王的心結，我得下探。

釐清安東尼之死跟寫銷售女王的書一點關係都沒有，但也許有助了解銷售女王。

才怪，這只是我個人在本業外，心癢難忍的研究興趣。以前做記者的時候，我就是那個主動追蹤報導的熱血青年，才會被搞到沒辦法再具名採訪，當不成記者，只好改行做代筆，永不掛名。

心法二：深掘客戶

第二次上陽明山採訪，我先在門外認真端詳梅勝霜的別墅。房子東南角是一個圓弧設計，雖然沒有臺北表演藝術中心的皮蛋豆腐造型那麼誇張，但也是在方正的構造外突出一部分球狀結構，不只是圓弧角窗這麼簡單。上次沒機會看到皮蛋的內部，這次看有沒有機會找個藉口看一眼。

這天她不再麗裝，穿灰色粗針織毛衣，紮起低馬尾、素顏，馬上從銷售女王落回凡間，變成鄰家姊姊，但和第一次見到她本人的透明感還是相去甚遠。我終於沒有來被面試的緊張感了，但我今天穿正經八百的淺藍色襯衫、深藍色領帶，黑褲黑襪。又穿錯。

上回放在門口的大理石長几和皮凳，在貴貴的視聽室紅皮沙發前靜靜待著，看起來就是原本該有的配置。我正納悶今天是要坐視聽室訪問嗎？梅勝霜就領我右轉去細金框的落地窗邊，原本的一桌一椅旁添了張顯然不是同一套的皮質扶手椅，她自己坐下，讓我坐正常高度的木椅子，好寫筆記。

「這裡算客廳嗎？」我問。

「一定要有客廳？」她答。

又是一開始就穿錯衣服說錯話，我沒什麼長進。而且沒長進的原因還一樣：拿自己慣用的生活經驗來對照她的。身為採訪者，我很丟臉。

「需要的東西不必你推，想要的東西才輪到你賣」

「書稿定案前，我會完成與您的賭注。」說這話的時候，我都還沒想到自己有什麼可以賣她。但我一定會想辦法做到，所以先說為憑，壯膽，同時給她個印象：我是有相等野心跟玩心的採訪者。被受訪者輕視，只會得到膚淺的採訪內容，這我絕對不接受。

「不急，你想好再賣我。想好比賣重要。」

「直接開始？」

「直接開始。」

「坊間也有很多行銷心理學、銷售密碼這種課程或書籍，銷售女王要分享的經驗和他們最大的差距在哪裡呢？」

「我上次賣你東西，用了什麼方法？」

「我根本沒發現在推銷，只像是您提了一個有趣的建議，邀請我一起參與而已，完全沒有被推銷的威脅性。都已經買單才發現自己踏進您設定好的情境。」我一邊回憶，想起：「有威脅性，但是威脅性不在推銷，在要打的那個賭裡頭。通常人被推銷會抗拒，不知道在推銷就不會抵抗，因為沒有威脅。賭輸有風險，但那是之後的事；打賭的當下不會馬上意識到我來這裡的合約正在被推翻。」

梅勝霜看著我，臉上表情是：喲，還行！

「你可以不要買單吶，你幹嘛買單？」

「因為對我有利。」我承認。「我同意的確需要完整了解您的經驗，才能夠寫出好的書，而我一向會做到。既然穩賺不賠，我沒有不接受的理由，所以還自行要求加槓桿。」

「我只是讓你在我的規則底下槓上開花而已。你想一下：為什麼我那樣賣你？」

「您想確認我有掌握到書的精髓？」

「想你，不要想我。為什麼我那樣賣，你會馬上買？」

「因為被挑戰讓我馬上被激起要做決定的迫切感，但我覺得能贏，所以馬上同意。我在同意的時候，應該就想好要加槓桿了。」

「那我是怎麼知道這樣賣你會成交？」

「您講，我記下來。」

「記不記得你第一次進來的時候說了什麼？做了什麼？」

我記得，那天覺得自己穿錯衣服，格外狼狽。今天也有穿錯的感覺。「我筆記本上的企劃名被您看到了，我很不好意思。」

「你們這種名校好學生，就是怕做錯，又輸不起。給你個有把握的挑戰，哪會不買單？」

我覺得瞬間裸體，穿錯衣服已經無所謂了。一向以為自己只是好勝，沒承認過那其實是輸不起。一發現不會輸的機會，就馬上叼住，根本沒有自制力。

「您總是一見到人就能判別出能賣他什麼嗎？光是這份經驗就值得一本書了。」

我用提問掩飾連自己都沒想過的事被揭穿的震驚。

「找到值得賣的人，就要挖出人家會為了什麼而買啊。」

「所以您才是銷售女王啊。您能解決，其他銷售人員不能解決的問題有哪些？」

「他們賣不掉自己買不起的東西啊。」

我找到個著力點，可以暫時脫離窘境：跨出自己有限的認知範圍，才能賣給更高級的顧客。

「您賣過最有錢的人有多有錢呢？像楊立功那麼有錢嗎？」

「長公主？我能賣她什麼？他們家什麼東西沒有？不是從搖籃到棺材都賣的大集團嗎？」

「您賣給我的也只是個想法，不需要是商品。」

「也對，我要是能讓長公主把她的錢都捐給我，就絕對不能出書教別人怎麼做到。不然別人反過來讓我把錢全都捐給他不就慘了。」

我無法判斷她現在講垃圾話是放鬆的表現，還是緊張的表現，但從我提到楊立功開始，她的句子又開始迂迴、語句拉長，也不正面回答問題。

「您認識楊立功吧？」

「誰不認識楊立功？她不認識梅勝霜而已。」

我存疑。雖說一般情況下，名人確實是被認識得多，認識的人少，但我確定梅勝霜跟楊立功見過面。我有看到照片，是一張意外入鏡的 Google Maps 街景圖。我很確定照片裡背對鏡頭的是楊立功本人，因為她穿得跟我採訪當天一模一樣，而跟她講話的梅勝霜露出的手腕內側，有一塊像兔子的紅色胎記。我在法庭前幫她拍到的新聞照片就有那塊胎記。

「您跟楊立功見過面吧？」

「有啊，股東會。我坐台下，她坐台上。可惜她死了以後三巴電子股價跌一波。慘。」

股東會可能真的有碰面，足以用這個回應掩蓋她和楊立功有私交的事實。但她不知道有被拍過照，Google Maps 的隱私權政策修改後，街景裡的人物跟車牌也消除了。

但我確定她們倆有過對話，楊立功只有聽別人講話的時候，身子會那樣前傾。

之所以知道楊立功有這個習慣，因為她的自傳《長公主豈是人人能當？》由我代筆，期間貼身訪問過她四十個小時。能完全占用楊立功四十個小時專注力的人，世界上不多。雖然身為記者和代筆，訪過不少有錢有勢的人，但像個貼身秘書一樣在最大財閥的接班人身旁待一個禮拜，隨時記下她的話，我也不禁得意，偶爾賣弄一下：「三巴重工股票可以買，穩定、賺股息。」我對同學說，明明自己連個股票帳戶也沒有。和楊立功有私人交集的事實太虛華了，我甚至搭過楊立功專用車，還一起坐在後座好幾趟。

財閥和帝王之家最像，總要為培育繼承人費盡心思，而且王子跟公主的地位有落差。長公主楊立功，下有弟上有兄，理論上輪不到她接班，或者只接手一小部分跟集團本業距離比較遠的新納入版圖的事業體，像網路媒體和影視製作如巴望傳媒。東亞傳統家族的財閥裡，長公主分配到這項分工，幾乎到頂。畢竟楊立功的兄弟沒有比別家財閥的兒子不中用，也是精栽細培的上流子弟，到海外名校留過學、拿過碩士、在集團內各公司歷練。只要有專業經理人輔佐，楊立德或楊立言都可以當家。

從人生早期的發展來看，楊立功絲毫沒有要跟兄弟搶飯碗的樣子。她哥哥楊立德全自費去常春藤盟校讀ＭＢＡ，學習經營之道，順便廣結人脈的時候，她也進了名校，但是選讀物理學，甚至雙修哲學學位。她弟弟進歐洲傳統名校讀法學院的時候，她接著取得名校獎學金，念了經濟學碩士。她兩個兄弟都開始進集團工作的時候，楊立功在歐洲傳統名校成為政治經濟學博士候選人，忙到幾年沒回家。楊立功乍看，就是一個沒有要繼承家業的純粹學霸，在鑽研學問的路上勇往直前。

台灣人不清楚的是，楊立功的選擇非常接近歐洲傳統上，統治菁英的養成途徑：

經濟學、政治學、法律、哲學。但她的專業跨度甚至比一般政治菁英更廣，那是上流社會培育統治才能的方法：有宏觀視野的通才。畢竟執行面都可以交給技術官僚，統治者要做的就是找出方向。寫她這段背景的時候，我還特別舉了讀哲學的法國總統馬克宏、讀政治學的英國首相卡麥隆、讀量子化學的德國總理梅克爾為例，來對讀者說明這些統治者的養成路徑，基本上沒有什麼管理學或商業這種應用學科背景。

楊立功取得政治經濟學博士學位回國之後，第一份工作，就是集團董事長特助。在她兄弟眼裡，就是老爸的隨從。畢竟女兒貼心，陪陪健康狀況不如過往的老爸正好。當時楊立德還在三巴化工的業務部門做課長，楊立言正在三巴人壽的法務部歷練。兩兄弟職等雖然遠不及楊立功，但她的兄弟直到她入主三巴人壽之前，都沒有緊張過，因為他倆從不把自己身邊的窄裙秘書放在眼裡。他們兩個可是皇子，先待一趟基層是為了體驗每一個層級的工作，也要了解集團裡主要公司的業態。關於陞遷，他們完全不需要跟平民一樣拚搏。

一次商務晚餐上，楊立功在她老爸正準備談價碼的時刻，突然舉杯敬酒，打亂談話節奏，導致當天只溝通到合作意願，沒有談好出價數目，老爸非常不爽。楊立功在席間就從對方的談判進退間看出三巴機械在業界的隱微優勢，大膽判斷一週內的一筆競價，三巴能從三家供應商之間脫穎而出。隔週再次安排商務晚餐，三巴機械因為斬獲重大訂單，股價上漲，她老爸最後談到的條件比原本預計利潤多5%，而且釋出的股權比例還更低。彼時，楊立功才做她老爸特助第三個月。

只花一週，獲得5%的淨利，中間甚至沒有付出任何成本。已經在業務部門升為課長的楊立德，花一年也達不到這麼高的獲利效率。就算放眼整個三巴集團的任何業務部門，也沒有幾次這麼強大的獲利效率。楊立功憑的是她冷靜的判斷力，當然還有身為女兒，打斷董事長講話也不會被賜死的底氣。

就算是擁有法律學位的二皇子楊立言，在家族分工上也不免受到姊姊的威脅。楊立功的長公主綽號，來自她在集團內的第二次輪調。從董事長特助的職位轉移到子公司三巴人壽那年，全球大疫。台灣因為是島國，國境封鎖容易，也不是第一次對付來自中國的病毒，所以獨立於世界之外，居然躲過疫情。在疫情外壓極高、內壓極低的條件下，染疫的焦慮促成一股商機。當時的保險公司紛紛推出染疫醫療險，賭一介島國的防疫不會太快出現破口，精算下來能賺到一筆。三巴人壽也趕上這波賺錢熱潮，收了十幾萬張新保單。

後話大家都知道了：台灣的防疫泡泡終究破了。很幸運，在大部分人都打完疫苗之後才傳染開來。病毒迭代很快，突變出感染力超強的品系，流行病株的感染力，比賣保單的時候強了六倍。病毒的突變速度可不在精算師算出來的風險裡頭，這場大疫是黑天鵝，沒有歷史資料可供預測。這批黃金保單隨疫情起飛，全面引爆，很多規模小的保險公司一時貪利，結果理賠金額超過營業額的15%，賠不起就得破產。保險公司聯合上書金管會，求政府協助調整工作損失的補助規範，否則破產不可免。三巴人壽卻獨自從這場風波裡全身而退。

通常一種產品當紅的時候，業界所有廠商都以同一支產品為標竿，提供大同小異的產品，求分一杯羹。保單就算在這種行為浪潮裡，也屬最缺乏創意的一類產品。

楊立功在產品上市之前，審閱過這支產品的內容。她加了一條小小的修改提案：「三巴人壽全額給付受保人因上列病毒引發病症所需的醫療支出。」當所有其他保單都承諾一旦染疫就獲得固定金額的補償時，三巴人壽的產品設計給出了不同的規格。業務員賣保單的時候說：「其他家都是固定給三千到七千五，看你保額嘛。真正生病哪會只用到這麼少？病來如山倒啊！三巴這麼大的公司，才有底子賣給你全額給付。真的生病的時候，你只需要這一張。趁現在疫情還很少，保費還很低的時候，給自己跟家人一份真的有用的保障。」全額給付四個字，在任何保單上都顯得慷慨，三巴人壽賣的保單份數絕對沒比其他保險公司少。

三巴人壽開了記者會，特別釐清：三巴的防疫保單目前沒有對公司財務造成任何困境，請保戶安心，社會大眾也請不吝繼續投保三巴人壽長期的壽險、醫療險、意外險等等。

「雖然市面上多數的防疫保單，都像是旅遊不便險，只要染疫造成停工或隔離，就會理賠；也有比較初期的設計像是壽險，染疫就理賠。但是三巴從來沒有賣過這種保單，我們都是醫療險的設計，有醫療行為才理賠。現在輕症的保戶理賠都在成本範圍之內，重症的保戶數量不多，也都在預算之內，財務很健康。」三巴人壽的公關照本宣科說明現況，請保戶跟股東安心。

楊立功在一旁，接過麥克風：「對於網路上有人兜售陽性反應的家用快篩，這種利用保險人力不足以查證的窘況，我們感到很遺憾。」她重新把目光放回所有記者的鏡頭上，接著說：「回歸到商業保險的本質，畢竟是在民眾有能力的時候，為自己未來的風險儲蓄。三巴人壽不敢忘記這個初衷，沒有把商業保險當成搖錢樹，期待國家要守好疫情，讓賣保單的人賺輕鬆錢。我們的醫療保險是用來接起健保照顧不到，民眾又真的需要的地方，像這次疫情。保險機制設計要符合社會正義，三巴人壽從來不改初衷。」

記者會的本意是說明三巴人壽財務健全，請勿擔心，也不要拋售股票。但楊立功遠超期待的公關魄力，讓產品小賺不虧的聲明，華麗轉身，品牌成為業界良心。保險這種產業，產品用在未來，功能很抽象，品牌溢價非常重要。她一把捉住，把談話高度提升了不只一級。

當天關於防疫保單亂象的報導，唯一的清流就是楊立功的新聞，以及記者下的標題：「三巴集團長公主：保險是社會正義」。長公主的媒體綽號就這麼來的。從今以後，只要標題字數夠，楊立功上新聞，一律是三巴長公主，講得好像還有二公主一樣。之所以特別冠上長公主，除了氣勢比小公主或公主更強大，也跟不知道誰才是太子的兩位皇子並列起來，更像是預設接班人。搞得楊立德和楊立言終於緊張起來，發現自己姊妹不是個單純的學霸而已。

「您如果要賣楊立功個東西，賣什麼您最有把握？」

梅勝霜笑了：「她真正需要的一定是休息，就怕她買不起。」

「您談銷售，不管是賣出的事物還是買進的代價，都不是錢呢！價錢在銷售上不太重要嗎？講促銷，一般人一定先想到價格不是？」

「用價格來賣，哪需要銷售員？用價格賣不掉的才需要銷售力吧？讓有機會成交的案子確定成交，銷售員才有價值；本來就確定成交的案子，只需要找代書來。」

她接球，還安打。我的提問終於進入好球帶。

「您憑什麼線索知道楊立功真正需要的是休息？」

「你不是幫她寫了長公主自傳？看不出來她超累嗎？她整個人生的密度根本人家的十倍，而且還要一直換跑道。她不累我看了都累。」梅勝霜看著我，問：「要怎麼讓楊立功買得起休息？」

我人生中第一次聽說，銷售員還要幫客戶買得起貨。不，第二次，梅勝霜就幫安東尼買得起探花廛。「自己沒時間休息，就想辦法借時間來休息？」

梅勝霜笑逐顏開：「我覺得你有機會，你有機會賣東西給楊立功。」

「您賣過什麼給楊立功嗎？」

「你想一下要怎麼借時間來讓人買休息。我上廁所先。」她居然在自己家裡尿遁。

通常採訪時間有限，我需要用最短時間撈出最多資訊。此刻網羅最多資訊的方式，顯然不是老老實實想出怎麼借時間給楊立功休息，而是探索一下梅勝霜精緻的家。

她遁入走道盡頭的房門，那裡果然是主臥室。她關上門之前，我都在抬眼看。她才關門，我就往客用廁所去。洗手的同時，牆後也傳出水聲。果然，客用廁所的對牆有主臥室盥洗間。我留著客用廁所門打開，讓主臥室的動靜可以隱隱聽聞，同時伸手去推廁所對面那道門。那道明明應該有對外牆，但是門底一點光都不透的房間。

門推不動，得用拉開的。拉開的門沒什麼了不起，但想想，室內裝潢的時候，這種從走道通往內室的門，都是向內打開。因為走廊空間通常小於房間，或者房門向外開，會撞上走廊上的人。我拉開門，裡頭一片黑。不只是沒開燈的黑，也不只是窗子有遮光帘的黑，整個房間的陳設就是一室洞黑。這樣說不精準，除了黑，這房間還有第二個顏色：細細的金色。細細的金色在純黑書桌的邊框上，也在霧面烤漆黑立燈的開關旋鈕上，還在黑絨躺椅獸形椅腳的爪間。若用室內設計風格的眼光來看，黑色書桌的邊緣鑲金絲、立燈黑色旋鈕上有一圈金環、絨黑躺椅的獸形椅腳上金爪，在一整片純黑裡，是雅緻又顯高級的點綴。但我不想用風格來切入，因為梅勝霜整個家透出一股目標明確的氣息，高級應該不是她的關鍵字，只是副詞。

這一室漆黑裡，幾道細細的金色，是一團暗裡頭的視覺指引。桌緣的金邊，讓人走動時僅憑眼角餘光也不會撞上；旋鈕是整座立燈上，使用者唯一需要馬上找到的位置；躺椅的銅金獸爪也是腳可能撞上的位置。重點在黑，這間書房為什麼設計成全黑？

她視聽室的一切配置都為了形成一個最佳位置。落地窗旁的雅座，整個下午在每個時刻，都有不同角度的自然光和窗景。然而這書房，無論是躺椅上還是書桌前，都沒辦法從配置上找出整個空間為之服務的最佳位置。但我相信人有慣性。

藏書可以窺見一個人的內在。書桌背後，她架上大部分是筆記本跟資料夾。不意外，她有《長公主豈是人人能當？》這本書，是架上為數不多的書籍之一。楊立功是我非常尊敬的案主，不只因為她地位高、成就更高，也因為她本人無論是努力還是實力，都配得上她的地位。但長公主究竟只是長公主，能成為凱薩琳大帝還是淪為太平公主，還得看造化。

造化弄人。楊立功是個女人，而且是個花了時間拿學位的女人。那一年，她進入家族企業、開始拚事業，才從三巴重工這間三巴集團的母公司領職，她哥哥生了兒子。講精確點，她哥哥的老婆生的，但就是家族長孫沒錯。她哥哥生兒子只要花床上那十五分鐘，也許連十五分鐘都不到，剩下的都會由嫂嫂和錢幫他打點好。她生孩子卻至少要花三個財務季度，那還是算進了產後恢復期所需的時間精力。財閥和帝王之家極像，繼承人有無繼承人，絕對是關鍵的業績考核項目。楊立功還沒生孩子，她甚至還沒結上婚。結婚倒不難，想與三巴長公主聯姻的男人，隨手一拉都能湊滿十二星座。但生孩子就結結實實地要花她自己的時間和體力，都是障礙。

楊立功在三巴重工的時期，只敢結婚、不敢懷孕。無法領導三巴重工，就無法領導三巴集團。全世界的重工業都一樣，由中壯年男性帶頭，而且他們基本上只服中壯年男性。年輕女性在他們眼裡，是市區辦公室來的窄裙秘書，根本不懂現場。世界上哪有比懷孕更女性化的事？她一旦挺了肚子、請了產假，就是在告訴那些對生產線比對生產還熟悉一萬倍的男人：我沒辦法跟你們一樣，一直工作、養家不輟。

繼董事長秘書、三巴人壽經理之後，楊立功在三巴重工也傳出美談：她改善了一整批貨號的建檔流程，同時引入新的庫存管理系統。學新系統那半年，所有人怨聲載道。半年後，三巴重工的零件庫存被徹底清消，不只降低七成的庫存成本，常態支出的倉儲成本也隨之調降，釋出利潤。員工領到獲利成長的年終獎金後，楊立功真正征服了三巴重工。

這中間，楊立功她弟楊立言也結婚生子，是個男丁。說是結婚生子，其實是生子結婚。弟弟的女人不只一個，現在的弟媳是先生出健康的兒子，才被扶正的。嫁入豪門的條件之一就是要能生養。她什麼都比兄弟強，唯獨無法讓其他女人懷孕。

「那時候就是看是我買的驗孕棒還是我的卵巢先過期。」她在休旅車後座說這句話，表情跟她講降低倉儲成本一樣平靜。

在三巴重工證明自己的管理績效後，楊立功進了三巴電子，整個集團裡，產業步調最快的三巴電子。三巴電子當時，還沒有任何男性員工請過育兒假，連一週的陪產假都少有人請完，通常生孩子兩天內回來述職。楊立功仍然很難找出生孩子的時間。只要有計劃，就找不出生孩子的最佳時刻。因為請育兒假的時刻對一心拚事業的人來說，不存在。她大哥楊立德連女兒都生出來了，楊立功還在已婚無子的階段，這時候她早已經過了高齡產婦的安全分娩年紀。

一直到三巴電子接到全球最大競爭對手的代工單子，保證一整年的成長額度，楊立功才決定把冷凍的卵子取出，進階自己的人生。然後她就死在產檯上了，又一樁她兄弟一輩子做不到的事。

《長公主豈是人人能當？》本來應該要是她接掌家族企業的宣傳品，在她產後休養期出版，一方面維持能見度，二方面讓她奮力不懈的人生在輿論裡發酵，成為比兄弟更有名望的接班人，我才有機會把一個女性繼承人獨有的生命苦楚探得這麼深。不料，這本書以長公主訃聞收尾。

梅勝霜找我來寫她的書，可能不只因為楊立功的傳記寫得好。她跟梅勝霜的 Google Maps 街景照片，位置在楊立功去凍卵的那家生殖醫學中心門外。我在找楊立功資料的時候，偶然發現。

書架上，自傳旁的黑色筆記本書背，用金筆寫了「6」，完全符合這間書房的調性。主臥廁所傳來馬桶沖水聲，我決定翻一頁、看一眼。筆記本通常第一頁都有寫字，後面不一定。第一頁：

子宮刮搔術 2011

肌瘤手術 2020

一瞬間的一眼，我只能瞥見這麼多，就得在馬桶水聲結束前把 6 號筆記本塞回書架。我來不及走回座位，但來得及在客用廁所門口說：「抱歉，我也上一下。」

製造水聲的同時，我努力記得一閃而過的文字，同時領略到：這兩筆紀錄都是子宮手術。可能是某位小姐的子宮手術，或者某個婦產科醫生的紀錄。但筆記本就在長公主自傳的旁邊，從使用行為來看很可能相關，畢竟長公主是女人。可惜剛剛沒時間翻看其他筆記本，如果也是某個人物的資訊，就提升 6 號筆記是以人為單位的機率，雖然我才沒那時間去翻。

我沒尿，只是呆站著開水龍頭，等水聲流過正常的尿尿時間。擦手毛巾在洗手台鏡面的左前方，我雖不需要洗手，還是決定沾溼一下，做足全套。很少廁所的擦手毛巾這麼方便，就在洗手台前方牆面，一般都要轉身到背後牆上的毛巾架。因為房子的水管通常會埋在同一面牆裡，所以洗手台、馬桶水箱、淋浴這個排列順序就是最常見的浴廁格局。毛巾架只好釘在洗手台對面牆上，洗完手要轉身滴兩滴才有得擦。這樣一想，馬桶正前方立架上的捲筒衛生紙也很好撕，不需要轉身向側面或後方，正坐馬桶就能直接取用。很少家用廁所的格局會這樣放，大概是因為牆面空間有限。要不是設計師體貼入微，就是梅勝霜有特別要求，一貫符合空間配置為使用者位置服務的原則。她不只是乾淨整潔，她絕對是個善於規劃的人。所以那麼有個性的書房是想幹嘛？

「我們剛剛聊到哪？」我才不會講這麼不專業的話，尿遁的梅勝霜也不會自己拉回剛剛逃避的問題。所以我真正說出口的是：「真正忙的人，通常都需要生病，讓身體逼自己休息。但他們也不願意放病假，我還想不出來有什麼讓楊立功借到休假的賣法。

您會怎麼做？」

「把胎兒當作寄生蟲，就能理解懷孕是一種病。你想想看，胚胎寄生在媽媽體內，吸走養分，媽媽的全身器官被擠到都不能好好運作，還會找不到適合的姿勢睡覺，導致睡眠不足。通常後期會便秘，還有什麼妊娠糖尿病、妊娠高血壓這些併發症，生完才會需要坐月子啊，器官要慢慢移回去。」她停了一拍，說：「可惜楊立功沒放到假就死了。」

我心一酸，楊立功是我截至目前最喜歡的案主，她除了稍嫌苛酷，是個很不錯的人，連對待我這種編制外的傭傭寫手，也尊重有禮。生孩子生了三十個小時失血過多，死得太慘烈。我希望《長公主豈是人人能當？》的讀者，讀完能對楊立功這位千金之女流下同情之淚。

「就沒別的辦法休假嗎？」

「你想得出來？」

我想不出來。從楊立功壓縮人生的密度來看，如果她沒死，坐月子的時候必定也在工作。也許她根本坐不起月子，只能用最貴的月子餐來撫慰自己疲憊的身軀。

「她真的想休假嗎？其實看不出來。」我問。

「她真的想懷孕。」梅勝霜沒說錯。

「她想要的也不是懷孕，是懷孕的結果吧？如果不休假，她大可去國外聘代理孕母，不用自己冒險。」

「你怎麼會不懂？她自己生比較安全。不是年齡，是公關形象。」

我怎麼會不懂？代理孕母在台灣並未合法，出國購買代孕服務，對有錢人的形象很傷，尤其是以正直形象打亮三巴人壽的楊立功。她當時正在競逐家族企業繼承人的位置，除了實力跟努力，她遠高於兄弟的公關形象，就是以個人品牌提升集團信譽的絕大優勢。只有在這種時候，身為女人才有幫助。所以她才讓我鉅細靡遺寫下自己身為女人在這場競爭中的難處，也才會義無反顧地以四十七歲的高齡，人工受孕懷上雙胞胎，血崩產檯。越過頭來，她終究輸在身為女人。

「所以她是想要休息，但是需要懷孕。」我總結。

「她想要懷孕，但是需要休息。」梅勝霜駁回。

銷售女王又是對的。楊立功不見得想要懷孕的過程，但她真的想要接家業；至於休息，她似乎自願放棄，這一輩子都放棄，因為死後能睡的時間直到永永遠遠。

「如果您要賣楊立功東西，要賣她需要的還是想要的？」

「賣需要的東西給人家沒有難度，找出人家真正想要，卻連自己都說不清楚的願望，才是銷售本事。」

「她很清楚知道自己想要孩子吧？不需要推銷，她也一定要生。」

梅勝霜以一個微笑作答，我不覺得她沒有答案。此前，她回已知問題都超快、超明確；一進入不太想正面回答的問題，她就開始繞彎子。這是她第一次拒答，我還不知道這什麼情況。

撬出客戶自己都說不出口的深層欲求

「您覺得，楊立功知道自己真正想要的東西是什麼嗎？」我用她的話來提問。

「依你對長公主的了解，你覺得她真正想要的是什麼？」她用我的話再反問。

「我想，楊立功的目標不見得是繼承家業，繼承家業可能跟懷孕一樣，只是達成目標的手段。從她做每一件事的決策方式和執行毅力來看，她對事情應該怎麼運作有自己堅持的原則，希望全力把現況導正成理想的秩序。她是有理想性的人，對自己家族事業的經營方式有意見，想導正整個家族企業。」不到回她這個問題，我都沒想過楊立功是這樣的人，早想到就寫進書裡了。

話講完，從思考裡回神，我才發現她的目光正盯著我。梅勝霜從未如此聚焦聽我說話，我好像終於博得案主信任。

「您說得出自己真正想要的目標嗎？還是您希望我像整理楊立功的目標一樣，採訪完、整理稿子的過程裡沉澱出來，再告訴您我的觀察？」

「這如果你能做到，還真的值一百萬。」她沒忘記跟我的賭約，才不會白白告訴我呢。

「基於理解楊立功真正想要的目標，您會賣什麼給她？」

「在她活著的什麼時候？」

我沒想過這個問題。我面訪的楊立功已經挺著六個月孕肚，付了市價三倍的代筆費，讓我在她每日行程的瑣碎時間裡，記下她想放進自傳裡的內容。那是我眼見的楊立功人生切片。但提出那個階段的楊立功太沒創意了，書架上的長公主自傳顯然有閱讀壓痕，我可以挑選其他時段。

「在三巴重工的時期，您要賣什麼給楊小姐？」我自己覺得那是楊立功壓力非常大的時期。

「像長公主那種菁英，平時應該很習慣智商碾壓別人。但是在工廠不可能嘛！她連台語都不會講吧？我就會賣台語訓練給她，包括正音。這種時候，只要有效，價格都很好談。」

沒想到梅勝霜這次真的在想一個能標價的商品，還以為她會又塞個什麼奇思妙想給楊立功。但當下的楊立功，的確很可能需要台語，因為那是第一線最多員工慣用的溝通語言，三巴重工畢竟是高雄港區起家的企業。

「找出客戶最深切的需求，然後在當下提供他們完成目標所需的工具，就是您的銷售祕訣嗎？」

「接近。不過你也挑一個長公主的時間，看看你要賣她什麼。」

我要賣她什麼？我提供給楊立功的從來就只有已經付費的服務。但如果說我想賣她什麼，我真的很想賣她代理孕母的服務，我甚至都沒有張肚皮可以賣。但她不會要，她不想剝削其他女性，只好慣性剝削自己。

「我在她寫論文的時候遇到的話，可能會鼓吹她發展出一套適合當代的經濟學理論，順便跟當時的男朋友結婚。一個有前途的經濟學家跟一個政治經濟學新星，發展出供全世界執政者參考的經濟學理論，成就會高過她接掌家業。」講這話之前，我都不知道自己心裡有這個答案。「如果她不去接家業，而是從政，說不定會成為第二個Alison，或成為 Alison 的幕僚。」

「你剛剛才想的？」

「嗯。」

「不錯欸，可以寫成長公主外傳。」

「經濟學太難了。」

我接過的案主裡，梅勝霜雖然不是講話最有組織的，但她很能聊。最神奇的是，她很少把重點放在自己身上，甚至能常把重點放在別人身上，這跟任何找代筆的人都不同。我猜她沒有她房子看起來這麼孤獨。我能賣什麼給她？

梅勝霜這種樂於了解他人的習慣，大概是銷售女王的特性：總是在研究可以賣給別人什麼。她在我的案主有趣程度排序持續上升，目前已經穩居前三，屬於我比較喜歡的案主，但視最後稿費金額，可能暴漲或暴跌。除非哪天訪到我的偶像Alison，楊立功會一直在我案主排行的頂點，她是我的貴人。

當年我追蹤三巴化工有毒廢水未過濾排入河川，發了一串涉及地方官員包庇的深度報導。整個三巴集團從我們深傳媒撤下所有廣告預算，只要我還在做記者，三巴集團就不發任何行銷預算到我工作的媒體。我轉行當代筆純粹是被逼的，代筆的本業就是影子寫手，永遠不需要掛名以示負責。楊立功在三巴電子的時候找我來代筆，我非常吃驚。除了幫這種超級名人代筆能提升業界地位，高額代筆費也抬高我的身價，最重要的是這象徵三巴集團赦免我的死罪。回到深傳媒會議室，偶爾和其他人聯名寫一下特稿，拾回一點記者工作，如大病初癒。

代筆和記者的身分跨度，讓我在《長公主豈是人人能當？》結案後，繼續深入案主生命的末尾，盼傳記再版時，能為案主盡最後一份心力。楊立功的直接致死原因是失血過多，產檯上最常見的死因。但如果再多了解一步，就有蹊蹺。千金之子不死於盜賊，楊立功應該也沒料到，自己居然死於匱乏。只要是錢能買到的東西，楊立功恐怕都不會缺，可惜她是O型血。O型Rh陽性算是相當普通的血型，醫院不會特別因為手術或生產而為她備血。可她一旦無法止血，就需要大量輸入血液。當時附近醫院都缺血，尤其缺O型血。

楊立功在她預產期前三天臨盆，以雙胞胎而言相當正常。此前一天半，醫院附近賣爆米香的攤車瓦斯桶發生氣爆。由於攤車剛爆完一輪米香，剛才躲壓力鍋爆炸聲躲得遠遠的人，才剛一湧而上，想要買剛出爐的熱呼呼米香。提供壓力鍋能源的高壓瓦斯鋼桶，在此時爆裂。一切事物都被氣爆的壓力輻射狀噴射出去，鋼桶解裂的碎片也一併飛出，傷及無辜。高壓鋼桶為了耐受液態瓦斯的脹壓，桶身做得厚實，鋼片射得遠。二十五傷一死，其中的一死，是在爆米香攤車對街等車的少年，鋼片從肝臟入、腎臟出，嚴重感染，無計可施。我採訪過轄區員警波波，她願意分享一些災後調查，發現是高壓鋼桶老舊鏽蝕造成。

楊立功預約生產的醫院，以及同一區的三家醫院相互調度，消化二十六個湧入的傷者。由於許多傷患出血嚴重或昏迷，沒有太多時間可以驗血後輸血，因而消耗掉這地區血庫裡的大量O型血。當時是冬天，血庫存量偏低，號召民眾出門捐血更是成效不彰。楊立功幾乎是在這一地區的血庫存量低點，進入產房。我不知道預產期和鋼瓶老舊這種事情，是以什麼機率的疊合，才能剛好耗掉血庫，但這兩樁事件的時間前後和因果關係，實在是不幸中的不幸。

如果楊立功自己血止得住，血庫存量不足也就不足以殺死她。身為年過四十五的超高齡頭胎產婦，楊立功和產房對此的確都嚴陣以待。但產房這種地方跟刀房一樣，不打開肚皮，只照個超音波和電腦斷層，誰都不知道裡頭是什麼樣。楊立功的肚子打開來，裡頭很不幸，是穿透性胎盤。穿透性胎盤是所有植入性胎盤裡最嚴重的一種，胎盤血管伸進子宮壁的肌肉，甚至魔爪一般戳刺到周圍的器官如膀胱。楊立功的胎盤雖然沒有侵犯到子宮以外的器官，但蜘蛛一樣地深入子宮壁的肌理和血管，無法分離。這個病灶在孕期不會有顯著症狀，只有在照超音波的時候，可能注意到子宮底部胎盤組織較厚、血流較速，值得合理懷疑風險，甚至為產婦準備獨立的備血庫。

可惜，由於是雙胞胎，胎盤顯影看起來稍微與常見的產婦不同，也不引發疑慮，沒有專門為她建置獨立血庫。但有其他的因素加劇了植入性胎盤的機率。楊立功的子宮，在懷孕前就有過傷損，導致有明顯比較脆弱的組織和位置，尤其在跟胎盤接觸的子宮蛻膜上，的確有過傷口。病理解剖的時候才發現，一條從胎盤伸出的血管，正穿進楊立功六年前割除子宮肌瘤的創口癒合處。這次再沒有癒合的機會。

更早的資訊顯示，除了無論是體質還是工作壓力造成的子宮肌瘤，都不是楊立功在子宮內膜的唯一傷口。在凍卵之前，也就是楊立功第一次前往那家生殖醫學中心之前的幾年，楊立功曾經以子宮刮搔術的方式墮胎。子宮刮搔術就像拿鈍器，把子宮內膜上，受精卵可能著床的位置都輕輕刮除薄薄一層。想像一顆完熟甜美的夕張哈密瓜，你把它剖開，拿不鏽鋼湯匙進去，把瓜籽清乾淨。瓜內的鮮汁最甜，你不想輕易刮除，想要完整保留哈密瓜的內裡，所以輕手輕腳，沿著每一粒瓜籽的凹坑，盡量只拿走瓜籽、不帶走甜汁。但湯匙畢竟不能完美貼合哈密瓜的形狀，還是會挖走一些汁液，甚至輕微刮傷瓜肉和內膜。只要有傷口，就會癒合，但癒合的組織，和原本的組織結構會稍微分離，其間有比較脆弱的空隙。肉眼難查，但無論是術後沾黏還是植入性胎盤，這些體內的組織都不會輕易放過這些生長空間。

千金之子不死於盜賊，但能死於內賊。三巴集團的雙胞胎金孫，既是千金之子，也是內賊。身為一個生理男性，我在楊立功的案子之前沒有研究過妊娠生理，以為就是肚子裡長個孩子，生出來就了結。我姊懷孕時胖了十七公斤，我還大聲嘲笑她，一定因為是終於找到理由可以不忌口，明明外甥出生也只三公斤，她也胖太多。我太魯莽了。

原來胎盤跟胎兒就像是一個超巨大的病灶，無度需索養分跟氧氣，還把所有的廢物排給孕婦，孕婦需要耗費很多額外的身體機能和組織來提供胎兒所需。聽說男孩比女孩從母親體內耗用更多養分，而楊立功肚子裡的是兩個男孩。那麼強烈向母體需索養分的胎盤，跟雙胞胎男孩的關係有多大，我們不得而知。但是高齡產婦的胎盤往往更為孱弱，無法提供充分的營養，很有可能是促成穿透性胎盤往母體其他部位吸收養分的成因。

知道自己是超高齡產婦的楊立功，此前為什麼墮胎，之後又為什麼決定一次生雙胞胎呢？生殖醫學中心的人工植入，能夠偷偷篩選胎兒性別和數量，兩個男孩一定是刻意的選擇。也許是生雙胞胎比較省時間吧，一箭雙鵰，而且男孩比女孩接班起來輕鬆多了，楊立功心裡當然清楚。至於墮胎的時間點，如果資料無誤，是在凍卵之前，也是在婚前。當時還在楊立功的適育年齡，而且很有可能是留學期間自由生活的後果。但三巴長公主在進入三巴集團上班之前如果有了私生子，就連老爸的貼身秘書都做不成了。

以四十七歲高齡，用自己已經傷痕累累、漸行老邁的子宮生育第一胎，似乎是楊立功的唯一選擇。選擇生雙胞胎，會大幅提升孕期的負擔，與生產的風險，醫生和產婦都心裡有數。然而楊立功的選擇是在後裔的數量上不孤注一擲，卻孤注一擲在自己的身體上。一般富裕的名媛，如果要高齡生頭胎，都是勤遵醫囑，尋一切滋養來給自己和胎兒，從事各種有助生產的運動和鍛練也有助產後恢復。楊立功當時接手三巴電子第四年，產程正在拚全面進化，擠出下一代產品，她絲毫沒有休息，用最高轉速工作到產前一週。她本就是這樣的人，用自己承擔一切，子宮作為她身體的一部分，自然不能例外。

◆行動目標：揀出你賣得動的那件

脫鞋進門時，我抬頭一看：第一次坐皮凳子上那個空間，上方沒有燈。不像後來坐的落地窗邊位置，落了一盞經典設計師款的垂釣立燈，看起來就是寧靜的閱讀角落。從臨時湊出的門口座位到窗邊雅座，像是終於被案主接受，登堂入室。

這次採訪，我帶了四杯咖啡：冰美式、冰拿鐵、熱焦糖瑪奇朵、低咖啡因熱摩卡，任君挑選。除了每次去我都沒什麼機會討水喝，我還想用利尿的咖啡因，製造她和我分別去上廁所的機會。書房裡除了金色6號筆記本，還有很多黑色筆記本，我想翻翻。

這次也讓我坐在落地窗邊的桌椅，跟上次一樣。跟上次不一樣的是她，完全居家風格，睡衣素顏。素淡，但略顯晦暗，和當時出庭的清新感也不是同一路。她黑眼圈比印象中的明顯，但皮膚比實際年齡年輕，看不出細紋也沒有什麼斑，倒是下唇有一顆明顯的深紫色痣，這大概是她即使在家也化妝的主因。這次便裝素顏，看來是對我放下戒心，好兆頭。

「上次您提到找出客戶自己都不見得說得出口的願望，我覺得足以作為重要章節。挖掘楊立功這麼頂級的潛在客戶的內在需求，也是很棒的練習。您能不能教我如何挖掘出客戶的內在需求？您又是怎麼找到自己的呢？」

「直接問就是作弊。這不是你要挖出來之後賣東西給我用的嗎？還不如討論一下你自己最深層的需求是什麼？」

我的確想作弊。有時候突襲提問，人能像易開罐一樣瞬間被打開，這也是個採訪技巧，可惜梅勝霜不是易開罐。

「代筆還是隱身在作者身後就好。您出這本書真正想達成的效果如何？」

這同樣是個採訪技巧：先提出很難回應的問題，對方在想辦法迴避之前，再提一個比較容易回答的問題，對方比較容易就範。跟殺價同一個道理。

在兩個難題之間，她選擇了咖啡。花時間拿起每一杯，標籤都讀過之後，她挑出大杯冰拿鐵，吸了起來。她喝得很快我是很開心啦，畢竟等一下她就得跑廁所了。但選飲料喝，還拆開馬尾鬆開長髮這種刻意停頓，表明她不太想談自己的內在渴望。

「你先搞懂怎麼挖自己的深層需求，才知道怎麼找別人的深層需求啊！」她又大吸一口冰拿鐵。「所有人都會提防銷售員，只有你自己不會提防自己，要先知道怎麼把人最底層的需求挖出來，才有機會挖別人的嘛～那你的深層需求是什麼？」她這次不是尿遁，居然反主為客。

「我嗎？」誰會想到，來採訪別人，居然還需要去探究自己內心深處？「我也沒想過。」

「你就從我賣你東西，你有多快買單去回推一下啊！既然你輸不起就會買單，就算輸不起只是表面需求，也一定不會違背深層需求。」

她沒講錯。我看似為了贏錢或為了贏而接受她提的打賭，但那是個簡便解釋，深度相當於官方說詞。我憑經驗知道，想要採訪一個人，順著對方的語境最能馬上讓對方卸下心防，就會吐露更多真相。我一貫迷戀的，是真相。

雖然被杯葛到無法在新聞業界生存，只能兼職寫採訪稿，我骨子裡還是個記者，對揭露真相的興奮沒有抵抗力。代筆的確賺比較多，人身安全也有保障，但是能讓人願意吐實，甚至合理盤問他人，不見得比主動調查無趣。

「我也有基本的求知欲，您的提案的確是順應我的基本需求沒錯。您提出賭局的時候，怎麼決定拿稿酬當成條件來打動我？」從代筆變成個案，好不習慣。

「我通常都是給人一個他無法拒絕的條件。」她抄襲《教父》台詞，我要斟酌後面的解釋才能決定這句話要不要放進書裡，當成章節標題。

我盯著她，等她告訴我怎麼設下那個無法拒絕的條件。我接下來聽到的聲音是「噗！」她吐了，一瀉千里。大杯拿鐵有六百毫升，她身上、桌上、地上的液體總量好像超過一杯，把整個胃翻出來。

別人嘔吐的時候，你會怎麼反應？馬上幫對方清理？忍住不要皺眉？還是先閃？我當下的第一個反應是：這樣她會去廁所嗎？畢竟這是咖啡原本設定的用途。我站起身，本來前往的方向是廁所，但她吐得實在太多，常識帶我進了廚房。返回窗邊雅座的時候，手拿一筒紙巾。

「妳先去洗一下，這裡我來擦。」我蹲木板地上，抬頭對她說。

她沒入走道盡頭的主臥室門之前，我已經把桌面、椅面、地面大部分的液體吸乾。

抓著一整坨濕紙巾，打開走道中間的客用廁所門，可以隔牆聽見主臥衛浴的水聲。推門進入穴黑的書房，我屏著呼吸，確認打開的廁所門能微微傳出主臥的水聲，配上她喉間的嘔聲，令人安心。

寫著金字6號的黑色筆記本在架上的位置沒變，架上還有很多本同款黑色筆記本，只有幾本書背有金字：1～13。我果斷抽出6號，確認跟楊立功有無關係。筆記裡有些資訊我一看就能完全理解：

寧馨生殖醫學中心

07/20 19：30

預產期 01/23

我幾乎可以確定6號就是楊立功相關資訊，因為這兩項分別是她去寧馨初診的時間和在醫院的原定預產期。梅勝霜研究楊立功幹嘛？她也是名人迷那種類型嗎？還是她真的有東西要賣給楊立功，可惜人家死得早？

也有些資訊從頁數和內容看起來彼此相關，但我不懂這些東西夾在產婦資訊中間的意義：

橡膠軟管

氧乙炔氣

永隆02－27330XXX

最高113°C

這些東西非常隨便地寫在同一頁，彼此之間一點關聯都沒有，也不是用同一支筆，甚至連書寫方向都不同，顯然是不同時間寫下，只是抄在同一個頁面上。我只來得及拍照後存進檔案夾，從相簿裡刪除。

一確認6號筆記就是楊立功相關，我顯然沒有時間翻完整本6號，最有效率的時間使用方式，是翻找其他筆記本。唯一一本不在架上，在黑色細金框桌上的，是3號。放在桌上，表示最近正在使用，我按住本子輕輕翻一下，不改變筆記本在桌面上的位置跟角度。

黑筆寫著：

創業借錢

60% 聯合銀行 / 40% 父

紅筆卻一把圈起黑筆字的「父」，從銀行那邊畫一個箭頭指向「父」，底下小紅字註記：

隔年貸150還清

下一段黑筆字是：

聯合銀行利息6%
三年複利

從金額和融資對象而言，這很可能是安東尼。安東尼初次創業，全向同一家銀行貸款：聯合銀行的青創專案。以他的家世，創業由父親全額資助最容易，自己申請貸款也還能理解。難以理解的是從銀行借錢提早還老爸錢這種行為。單就經營而言，這完全不理性。除非老爸的利率更高，或者在那個時刻老爸有需求。就我所知，他老爸自從貿易生意起飛後，就沒有孔急過。而且一百五十萬這筆金額，以他老爸的營業額跟利潤而言，絕對不足以救急。至於老爸的還款利率更高這個可能性，在一般富裕家族，聞所未聞。這段時間以來，除了購屋後的個人理財，我第一次發現安東尼有過其他不理性的財務決策，而且是在購屋前。

我忍不住往下翻。下一個頁面的左上角，一個廛字用黑筆圈起，怎麼看都是探花廛相關，這個古字我還沒在探花廛以外的地方見過。第一段黑筆寫的是：

擇鄰而居：

1立委胡匆之（√）

洲際銀行 亞洲棋王（√）

彭澤臨（？）遊戲平台併購2

我來不及細看整頁有點瑣碎的列表，但這頁也有紅筆筆跡：「立委胡匆之」畫了紅筆底線，旁邊寫了1。數字2在「遊戲平台併購」的紅色底線旁邊。整張跨頁的右下空白處，紅筆寫下：定錨

水聲停，我心一緊。往後翻了四頁，發現筆記的盡頭，那頁的字用紅筆框出來

強調：

〔一鼓作氣：別人恐懼時我貪婪〕

迅速把「3」放回桌上原位，掩門而出，去廚房沾溼一把紙巾，回座位繼續擦木地板縫隙間的拿鐵時，我心裡想的不是楊立功、不是安東尼，而是：紅筆跟黑筆的使用情境差在哪裡？

理論上我應該要想：梅勝霜對安東尼的研究為何跟楊立功一樣深入，進入我這個做過功課的記者都還沒徹查的地步，或者應該要想她做安東尼筆記的意義。但我對安東尼和楊立功的關心，都不如現在的案主梅勝霜：這傢伙到底都怎麼思考的？

她不承認跟楊立功在股東會以外的交集，也表示安東尼是自投羅網的看房客，她只是在現場賣房子而已，但我才不相信她這番研究單單是為賣房子才做的，這一定不是售後服務，是高身價客戶攻略。既然是攻略，我就能刨出她怎麼攻陷客戶。如果一個人的書架能看出她的知識涵蓋範圍，一個人的筆記就能展現她的思維結構。她的筆記邏輯是什麼？

梅勝霜換了件銀色絲面上衣，紮起的髮尾微溼，水紋在絲面的纖維間毛細橫向擴散，這種沒能修飾到的細節，讓她顯得比穿居家服更不設防。從剛才的睡衣模式到現在，她轉進一個還是很放鬆，但漂亮很多的模樣。我不知道女人盥洗前後可以跟化妝前後一樣差別顯著。

「還好嗎？是本來就身體不舒服還是我拿鐵買錯了？」

她輕輕搖頭，頸項修長。鼻息間還有胃酸的氣味，她一定很不好受。

「要不要喝點水？我們要繼續，還是妳先休息一下？」

「扶我去休息一下好了。」她指向面對視聽室的我背後，半堵牆掩著的空間，就是從房子外頭看的弧形突出物。

沿著她手勢，我走進被圓弧牆半隔開的空間，發現連牆壁都沒有鏝刀抹痕或壁紙彌合，內壁是很均勻的淡綠色細磨砂質地，近乎完美的圓弧。這裡是一間圓底的淡綠色和室，鋪滿藺草榻榻米。整個空間沒有直角，牆角和間接式照明都被圓弧包裹，連整面角窗都是弧面玻璃。這是個自成天地的球狀空間，可能是瑜伽或靜坐或讀書用。整個空間非常寧心神，把干擾降到最低。

「欸我胃食道逆流，不好躺。不然你躺躺看，很讚。我去燒開水。」梅勝霜給了個我想做也不好意思在別人家做的指令，我恭敬不如從命。

整個淡綠的圓弧空間上是拱頂。傳統宗教建築裡，像是羅馬的萬神殿或者伊斯坦堡的聖索菲亞教堂，穹頂的中心都是光源，以打造出仰頭時的神聖感。但這拱頂的中心沒有光源，而是周圍繞一圈環狀的間接式照明，毫不刺目，可以睜眼躺著。這若是一顆淡綠色的蛋，我的頭大概正落在蛋心裡的胚胎上？我第一次知道處在球心位置有多麼舒適，所有的物體都和我有均勻的距離，既不壓迫，也不疏離，像被子宮溫柔包覆的胚胎。這又是為了一個最佳位置而打造的空間。我不禁想：這種空間體驗對梅勝霜而言一定極其重要，才會著意打造。什麼樣的人會需要這種設計？

「你想一下：你買單的終極理由是什麼？」她隔牆對躺在球心的我說：「不急，你慢慢想，我等水滾。」

既不能再溜進書房，也不需要離開蛋室，我能做的只剩思考。我沒在想自己為了什麼輕易買單，現在時間也不夠讓我分析梅勝霜的筆記。藺草榻榻米上，我的思考一下子流向：她一個案主幹嘛要花心力來理解代筆？理解是代筆的工作，也是權勢低位的人為權勢高位者提供的服務。她都花了錢，幹嘛不輕鬆快樂爽爽講話，享受有人聆聽、有人理解，甚至有人整理自己講話的服務？理解無法對自己構成威脅，也無法給予自己資源的人，這麼浪費時間的事，難道是她的個人興趣？

研究超級名人楊立功我完全能理解，研究安東尼也有助於業務，但我是個連名字都不會印在書裡的代筆寫手。理解我，不會對銷售女王梅勝霜帶來任何好處。任何動物，做出不符合經濟效益的行為，都是為了取樂，或者釋放壓力。難道她的興趣跟我一樣，就喜歡搞清楚別人在幹嘛？

安東尼的筆記，跟楊立功的筆記有什麼雷同之處？只要是同一個人的思緒，就算有時間差，還是會出現同一種思維方式，人焉廋哉？觀察至今，梅勝霜有什麼一致的痕跡？

我頭躺在蛋室的球心，近一半的牆面有對外採光。弧面角窗，理論上從哪裡看都一樣。躺在這個位置點上望窗外看，遠處的山麓和近景的庭樹占景各半。修圓的窗櫺能剛剛好遮罩斜陽，日光灑在榻榻米上，人的眼睛卻不會被陽光刺傷。蛋心不只在蛋室裡是最佳位置，整顆蛋在這片山景裡，都是最佳位置。

視聽室的棗紅皮沙發正中心，是明確的最佳位置。客用廁所的馬桶上和洗手台前，都是最佳位置。若坐在落地窗邊的木椅上，取景也接近蛋室球心的切角。我猜連落地窗的位置都跟蛋室的弧面角窗一樣，是以觀音山山麓最像側臥觀音的完美觀景角度來建造。這房子從選址到設計之精心，完美貼合梅勝霜的使用習慣，除了門口。

蛋室的光源之完美，令人無法忽略第一次在門口臨時移傢俱坐下來訪談的空間，沒有任何專屬光源，除了玄關的壁燈。我突然很難想像梅勝霜這種人，用一個將就的空間來待整整三個小時，甚至還盛裝打扮。我沒見過哪個高級主管面試，捨棄好好的會議室不用，硬要塞在職員辦公隔間促膝對談。

她離「將就」非常遠。就算是家居服，也不是隨便的聚酯纖維印花那種廉價的絨毛。她被拿鐵浸溼的睡衣吸水力超高，顯然是純棉；而且睡衣布料光潔厚實，一定是針數高的精梳棉。她前一回穿的粗針毛衣，也沒有壓克力纖維的反光感，應該是天然材質。我頭下的藺草香氣跟眼前磨砂細勻的滿室柔綠，在在表明她絕不是將就的人。

蛋心的位置好適合胡思亂想。從間接光環打亮的圓頂到蛋殼內膜般的淡綠細磨砂，與我的距離都在等長的半徑，整個空間均勻到找不出一絲壓迫感。梅勝霜沒有特別交代我怎麼躺，我也沒有特地找出最佳位置，但人在這個蛋型空間裡，自然就會待在蛋心。從頭下藺草榻榻米微凹的圓坑可知，梅勝霜自己也常把頭放在這位置。即便沒有窗外景觀和日照入射角度的精密計算，人也會自然落在蛋心上，這是壓力最低的位置。

在壓力最低的位置上，似乎就能承受更多壓力，甚至承受超乎自己極限的壓力。安東尼如是，楊立功如是，他們都在好多條件的累積下，自己讓自己擔了超重的負荷，直至摧折。他們兩人為何出現在書房筆記裡？安東尼的確是很棒的潛在客戶，他願意掏錢。我相信楊立功也願意掏錢，但梅勝霜要賣她什麼？

「想出來了嗎？你毫不考慮就買單賭局，是因為滿足到什麼？」

「應該是錢帶來的外部肯定吧。有多少資源可以投注來買我的能力和服務，是很明確的外在肯定。雖然女人也需要這個東西，但是男人沒這個真的活不了。那感覺就是：『老子值這個價！』」

「那幹嘛不一開始就喊價？要用賭的？確定拿到更多錢，不是比不確定更好？」

「承擔風險的能力也是一種耍帥。不然安東尼幹嘛要買自己買不起的房子？」

因為安東尼怕他爸。那個筆記上用紅筆圈起來的「父」，是他這輩子第一次做出毫不理性的金融決策：賺了錢不先還銀行，先還爸爸。任何富二代去做新創都很正常，他們通常都想證明自己可以不靠爸，所以一旦靠了爸，就想掩飾成投資方。安東尼算是相當有骨氣的，他有還，而且還提早還。

如果只是這樣，安東尼也可能是求個面子，怕人說他靠爸。「我都白手起家了，還要被因循苟且的記者寫成『最強富二代』」這句話聽起來是怕人家以為他靠爸，但如果配上梅勝霜筆記裡「擇鄰而居」的立委胡匆之，可以窺見安東尼並不想跟原生家庭切割，而是想讓原生家庭以他為傲。胡匆之是保守黨內堅持農產品進口從嚴的民代，從美牛到日本東北農產都拒之門外。安東尼他爸的國際冷鏈運輸若能打通這關，財源大開。我相信梅勝霜之所以把胡匆之記在安東尼筆記本上，就是認為有關。我的心證：被政治壓著頭一輩子的行商，若能和壓著自己一輩子的政治人物平起平坐，甚至樓層還高上一級，能改變上下關係。

蛋室好奇妙，光是這樣躺著，好像腦子都變清楚了。有錢的話，我也想來一間。

「你平時是耍帥的人嗎？如果本來就有在耍帥，為了耍帥而賭，就是你的基本需求帶你做出這個決定。很多人在買車、買房、買新娘這種大決策上，會突然違反平時的原則。這種深層需求被抖出來的時刻，之前都會有小的行動可以看出來。抓到這種忍不住露出來的狐狸尾巴，就能讓人忍不住買單。」梅勝霜又說出足以成為一整章精華的結語。

「什麼時候能抓到？」

「什麼時候違反自己一直以來的行為模式，就是那個時候。」

「能舉個例子嗎？」

「如果有人平時都會借朋友錢，只有一個朋友，他無論金額多小都不借，你就能從那個朋友身上看出他很多事。」

如果反過來想呢？如果有人平時都會開槓桿借錢，但有個鐵定會借他的對象，他卻打死不借，逼不得已借了，還另外借錢去早點還。

* * *

楊立功跟梅勝霜見面的時候，兩個人都不是大肚子。梅勝霜會不會跟楊立功聊過生育決策？梅勝霜會不會當面「賣過」楊立功什麼東西？例如這家診所醫療品質超好，值得預繳兩年會費之類的？畢竟梅勝霜被拍到在診所外跟楊立功講話的時間，從 Google Maps 隱私權規範改變，抹除路人與車牌的時間來看，鐵定是在楊立功懷孕前。

就算不寫長公主外傳，我也打算從診所下手，理解一下她的生育決策處境。當是我記者魂突然爆發好了，兩本代筆的案主出現這麼明顯的連結，不查清楚很難過。我是男人，很難偽裝成顧客去諮詢，還好以前在深傳媒有適齡的女同事。我答應幫德雯整理一整個月的收據。

「先生不進來一起嗎？」

「喔～我也要嗎？」

「這是兩個人的事啊。」諮詢師非常堅定。意料之中，否則德雯也會叫我進去。

我先假裝成置身事外的莽撞丈夫，這樣等一下露什麼餡都不會太明顯。

「做雙胞胎不是就可以只生一次？那錢是不是也只算一次。」我找到機會就問白目問題。

「人類的子宮是設計給一個寶寶的，雙胞胎對媽媽身體的負擔很大。」諮詢師只差沒對我翻白眼。

「我是想說，所有的事情只要做一次就好。痛也只痛一次。」

「嗯，可是出生之後要照顧的勞動量也是兩倍喔。」諮詢師白眼沒有翻到底，修養極佳。

「很多高齡產婦因為擔心沒有時間和體力可以生第二胎，會希望一胎兩個。太太妳還年輕，而且骨盆比較小，我們會建議一次懷一個寶寶就好。」諮詢師決定看著我同事講話。

德雯望向我。

「她也說想要龍鳳胎，一起長大很幸福。不然什麼情況你們不建議做兩個？」

「其實都不建議。不管是早產、併發症，像是妊娠糖尿病、子癎前症，生產的風險也會提高。先生你捨得太太這樣吃苦嗎？」

「但是我朋友他們來做，都說你們很會做雙胞胎。」我後面接了楊立功的名字，還有梅勝霜的名字，諮詢師沒有反駁。

諮詢師沉默了一下，說：「楊立功太太很不幸，沒有成功生產。先生、太太，所以我才不希望你們追求龍鳳胎。」

我學她沉默了大約七秒，才比較識相地接話：「對不起。我也知道楊姊走了，我不應該提她。」我同時回頭握握德雯的手，示意關懷。「妳可不可以告訴我們，楊姊之前檢查有哪些情形，我也不想我老婆有什麼不好的。拜託所有應該要注意的事情都告訴我們，我會好好注意。如果可以問楊姊本人我就去問了，現在只能問妳了。」

浪子回頭金不換。只要孺子可教，通常這種起點很低，但是態度明顯改善的人，都能得到原諒，而獲得更多的關注跟關懷。何況德雯也握住我的手，和我一起水汪汪地望向諮詢師。

「首先是年齡。我看太太的年紀，不會有一樣的問題，妳要放心。」諮詢師看著我同事說。「我先請問一下比較私密的事。先生，請你給我們一點空間好嗎？」

德雯非常上道，緊握我的手，說：「我的事情他都可以聽沒關係。我們什麼都攤開來講。」我想今天午餐需要請她吃好一點。

「請問太太，妳有做過任何子宮的手術嗎？子宮刮搔術也算。」她非常謹慎地避免提到墮胎這個詞，富有職業道德。

「沒有，沒有墮胎過。」

「平時生理期會經痛嗎？

「有沒有做過抹片檢查？」

諮詢師非常有耐心地把所有她該問女人的問題問過一輪，德雯就隨便挑兩個問題來承認。

「楊姊是不是也會經痛？我之前看她有時候來很不舒服。還是她那個是子宮肌瘤的問題？她後來割掉，說有比較好。」德雯以當事人女性之姿，同時透露部分真實資訊，為我進一步刺探楊立功的處境。就算明天午餐也要我請客，我都甘願。

「理論上，子宮肌瘤割除會減緩症狀。但是手術傷痕會提高懷孕跟生產的風險。」

「嗯，後來秦大哥有告訴我，植物性胎盤很可怕。」我刻意講錯專有名詞，維護自己的莽撞形象，同時透露隱私資訊以套交情，期望諮詢師透露更多楊立功的私密資訊給我們。楊立功的丈夫姓秦。

「植入性胎盤。的確很可怕，而且沒辦法預防。醫學上不能確定生雙胞胎會不會更有機會遇到這個困難的問題，但是就我個人的經驗，只是我的經驗，稍微多一點。」

「妳有跟楊姊講過這個嗎？」同事助攻。

諮詢師點頭。

「楊姊還是決定要做雙胞胎？」

諮詢師點頭。

「還有什麼狀況是我要考慮的？」德雯開始主導對話。

「經痛需要檢查一下。如果是子宮內膜異位症，會需要調理一下，否則不容易著床。」

「那著床後會有影響嗎？」

「理論上不會。只要沒有累積發炎，囊腫也都排乾淨，不影響子宮內部環境。」

「排乾淨要多久？」

「會建議兩三個月經週期，加上觀察期。通常三個月回診三次就可以。」

「那個，楊姊很快就做了。是不是沒有等排乾淨？」我插話。

諮詢師停頓了一下。「有些媽媽特別急，會希望能把握時間。」

「我們不要急。妳慢慢來，我陪妳，不要怕。」我把德雯攬肩依靠，擺出負責任樣貌。

雖然不深入，但就約診時間和孕期來看，楊立功果然在股東會報告隔年訂單滿載之後，很快就預約懷上雙胞胎，而且主動選擇承擔風險以節省時間，也不是理性的行為，三個月不是太長，理論上為了健康的成果，這個療程值得等待。而且她所承擔的風險顯然還包括子宮過往的已知傷疤。時間滾滾推進的壓力體感，實在很像安東尼在購屋後馬上借貸來投資期貨。

「楊姊有說：妳們對她很好，她知道她很任性，妳們都很幫忙。」我在營造出好形象之後接著補一槍：「我有太任性嗎？我是不是比楊姊還任性？」

諮詢師輕輕說：「她是真的比較任性的媽媽，會說都要一次生兩個了，幹嘛不生兩個帶把的？」她又正色：「但是男寶寶出生通常比女寶寶又多一百克，而且在胎裡比較會互相搶養分，其實媽媽的負擔會更大。」她又看著德雯，這次也看看我，說：「不要太任性，一次生一個寶寶就好。我希望我們不要再有任何媽媽跟楊立功太太一樣。」

「她本來就是想要兩個男生嗎？這可以指定？」德雯助攻。

「本來胚胎我們都會給一男一女，通常女寶寶會存活下來，男寶寶看情況。法律規定不可以操縱性別，但是真的需要男生或女生，告訴我們，我們是能幫忙。」

「什麼時候要決定啊？」

「冷凍合胚的時候還不用指定性別，植入的時候才特別交代。人都會改變心意，我們也可以配合。」

「從冷凍庫拿出來到放進我身體裡要多久？」

「現在檢查只要十四天，安排植入大約一個月。太太算一個半月就可以開獎，滿快的。」

現在我完全可以從楊立功的約診時間和產期，也是死期，來回推她的療程跟決策時間了。感謝德雯助攻。她這個月的收據我一定好好整理。

診所解決我一半的疑惑，包含筆記上的楊立功子宮手術紀錄。楊立功就是一個超高風險產婦，無論是年齡、子宮條件、生育選擇，甚至孕期生活，沒一個有助順產的。病因解決了，另一半的疑惑是死因。

永隆的電話打過去，是一間瓦斯行，會騎著機車把液化天然氣送到你家的那種。我也發現攝氏一百一十三度是爆米香可以產生的最高溫，超過攝氏七十二度，能夠造成瓦斯桶爆炸。永隆瓦斯行是波波已經知道的資訊，但警方以外的人不應該知道。梅勝霜跟我都在警方以外。我納悶的是：楊立功都死了，沒辦法再賣她東西，梅勝霜幹嘛繼續調查楊立功？

也可能在楊立功死前，梅勝霜就已經成功銷售，只是我猜不透她賣了什麼。梅勝霜承認自己與楊立功唯一的交集，是股東會。梅勝霜出席的股東會，是楊立功最後任職的三巴電子，在她兩次與楊立功生殖診所預約撞期之後。可以想見，這位股東與楊立功是見過面、談過話的關係。畢竟是銷售女王，當面銷售是最強項。

我這種打工仔哪有機會受邀去股東會？為了眼見一場股東會的真實進行方式，特地拜託財金媒體的舊識讓我跟拍。我實習年代扛攝影機的體能還在，而且大家都喜歡抓長得高的人去扛鏡頭。有免費駝獸，記者當然願意。我們從場布就到了，是最早來的記者。股東陸續進場，在門口有專門的造冊來確認股東資格與身分，櫃台都非常恭謹，畢竟這些人是他們老闆的老闆。唯一的小風波是：有一位中年婦女似乎昨日才購入足額股份，不在造冊名單上，櫃台緊急處理，讓這位新晉股東大人能順利入座。

股東都入席，管理層在前台向所有股東統一打招呼，接著就是報告。報告比較接近單向傳遞資訊，但我還是盡力掃描每一位股東的反應和動態。

最重要的互動環節在股東提問，這場景就非常像立委質詢行政官員。有部分股東顯然有交情，還會互相討論。甚至有一對看似夫婦的股東，一個人邊發言，另一個人邊拿著財報幫她補充。

一個後腦勺地中海型禿的股東，正在問董事長去年年度的匯損，出口型產業受到匯率的利潤打擊往往足以影響生存空間。董事長正把麥克風交給財務長，要她拿數字出來安撫股東的時候，坐他們兩人中間的執行長，往股東席看了一眼，擺了個「嗯？」的表情。原來是旁邊灰衫灰髮的股東急急站起來，要往禿腦勺那裡拿麥克風。執行長伸掌向下，安撫那位起身的股東，又用食指敲敲腕錶，表示稍待。這正是只有在現場可能發生，而且不用被拍到發言也能溝通的方式。

此外一片平靜。除了財務長需要端出明年的訂單，保證匯損在控制中，顯得焦頭爛額，其他人都可以說是溝通順暢、缺乏意外。科技公司的股東會大致如此，股東們不外想獲利，行為一致性很高。

人行為的一致性通常很穩定，所以安東尼創業後先借貸還款給老爸，買下探花廛後又借信貸投資，才會這麼扎眼。如果銷售女王強大到能說服別人改變行為一致性，做出超乎常理的購買決策，她有沒有在股東會上試圖影響三巴電子的管理層？甚至憑著生殖中心這麼私密的女性交誼場域，讓長公主對某個股東的意見格外重視，甚至本人直接回應，影響投資人信心？

三巴電子這麼大的公司，股東會錄影都是公開資訊。股東和管理層最近的距離，是提早到的管理層認出大股東，走過來握手寒暄。也就是說，這種招呼方式相當依賴私交，或者持股比例，甚至股東會出席次數。如果梅勝霜跟楊立功是真的有交情，我不認為她會需要在股東會上發言。

我花太多時間觀看每一個大小股東，想找出梅勝霜的發言或動態。敲敲腕錶的執行長提醒了我，我得回去盯著看錄影裡的楊立功，也許會有跟台下互動的細微動靜。鏡頭穩定錄製公司管理層坐的那張長桌，動見觀瞻。

長桌占滿整個講台，楊立功坐在第一排的左首。如果我是梅勝霜，想要就近讓楊立功看見，應該會選擇整個股東座位區的左側。

一整個小時，全程盯著楊立功與左側台下每一波風吹草動，非常容易閃神。更無奈的是，就算錄影能證明台上的楊立功和台下的梅勝霜有過互動，也沒什麼說服力。Google Maps 的紀錄也只是輔助，頂多證明兩個人曾經在同一時間空間出現，但連相互認識都無法佐證。我現在想找到的，就是這麼薄弱無用到毫無滋味的線索，連寫報導都很勉強，大約只夠寫花邊新聞。

就算是寫花邊新聞也好，楊立功的確望向左側台下，從視角看來，大約是第二、三排的位置。三巴電子技術長正說明技術優勢，強調下一世代的訂單競爭力；楊立功看似發現台下有值得示意的熟面孔，直視對方，輕輕頷首。雖然不明顯，但頷首後，楊立功沒有馬上把目光拉回，看回全體股東，也沒有埋首文件來備詢，她只是把目光持續停留在那個位置，隱約持續互動，但再也沒有顯著回應。目光停留的時間不長，那期間三巴電子技術長說了：「……本酸液保證價格定量收購，製……」大約十二個字的時間，楊立功的目光都停留在股東席的同一位置，最後微笑了一下，點頭。必定有事。

雖然這樣說很牽強，比較可能是因為技術長真的把下一代技術準備好，訂單也接到產能滿檔，楊立功才終於找到一個生孩子的空檔。但無論如何，這場股東會開完隔天，楊立功就預約了人工授精植入胚胎的療程。時間先後關係不代表因果效力，但是時間至少能讓我們不會倒果為因。在股東會後，我目前沒有任何梅勝霜與楊立功交集的線索。只確認楊立功在預約的療程中，很明確表示要生雙胞胎。當然，她所凍的卵子數量足以生一打，但過往長達數月的取卵療程中，楊立功都沒有表明要生多胞胎的意願，也沒有諮詢過相關醫療問題，卻在電話預約時下定決心，確認自己要生雙胞胎男孩。

線索的關聯薄弱到令人沮喪，我居然淪落到揪著死者的眼神來編故事的境地。明明一個女人決定要生男生女、生雙胞胎還是一胞胎的過程，比決定她要不要愛上你還難釐清。說不定她自己也講不明白，只是個心情或荷爾蒙影響下的結果，沒個道理。沒個道理的，豈不是非理性決定？安東尼在死前讓自己落入的處境，不也是兩個連續的非理性決定嗎？

我把三巴電子股東會的影片慢速播放，再放大。楊立功在抬頭看股東席之後，微微頷首的樣子，應該是注意到認識的人，點頭招呼的禮貌之舉，不稀罕。稀罕的是注視良久、頷首，跟一抹微笑。

「楊立功就是看那個人講了什麼，然後表示同意吧。」德雯邊切我請的肋眼牛排邊回我。

「你看，就是『我看到你了。』」她眼睛看著我，順便伸刀去取烤蒜瓣。

「然後，『你好。』」她輕輕頷首，把烤蒜瓣抹上剛切的牛排。

「最後，『我知道你要講的東西了，很好。』」她微笑，伸叉子蘸松露鹽。

德雯切牛排送入口中這段過程，表情、時間，都跟楊立功的錄影一模一樣。我忍不住問她：「想叫楊立功趕快去生一對雙胞胎兄弟，這麼短的時間妳要怎麼表示？」

德雯一邊吃茴香奶油炸薯條，一邊想。她把整籃脆皮薯條吃完，摸摸肚皮，手拱起來，做個孕肚狀，看著我，另一手比出數字二。等我看了她和她的空氣肚子一眼後，她給了我一個拇指比讚。一句話都不用說，而且時間差不多就是三巴電子技術長講十二個字花的時間。這的確是人在現場才有效的溝通。

就算下次德雯吃帝王蟹要我請，我都不會拒絕。

＊　＊　＊

若不自律，就會被堆積如山的採訪素材淹沒。整理完梅勝霜的錄音檔和筆記，我才終於有空打開雲端資料夾，檢視金字3號跟金字6號筆記本內頁的偷拍照。拍得匆忙，好幾張對焦之糊，足以成為淺景深的範例照片，前景是我的中指。

我發現頁次的前後順序不是很重要，內容大致上是把相關的事情放在同一頁，或同一面跨頁裡。這些筆記本不像寫書一樣有個系統，從頭到尾順流而下；比較像隨時把事情記下來。楊立功那本，有一整頁都跟瓦斯桶有關，顯然從爆米香攤販氣爆聯想到楊立功難產的人不只有波波。波波表示，兩件事的時間、地點、因果關係都不是很緊密，但是連得非常順。治安好的轄區，一個禮拜之內出兩件大案子，少見。她有她多年辦案的直覺；梅勝霜有什麼？我自以為對楊立功的了解可能比她助理還深入，可還是比不上梅勝霜。但從照片中兩人的站立距離看來，不是很親密的熟人，說是股東和經營人的距離倒是很合理。可那時候楊立功還沒大批購入三巴電子的股票，難道楊立功涉嫌內線交易？不太可能，因為這不符合她的目標，也不符合她的理念。以梅勝霜的持股比例，就算楊立功有鞏固經營權的需求，也沒屁用。

安東尼的3號筆記倒提供了非常多我未知的內容，一時之間有點難理解。財務的部分都說得通，也不出我之前整理的幾項非理性行為時間序，但是梅勝霜對巴陵銀行也太感興趣了，不像是只認識一個很敢貸銀行員的程度。她有整整兩面跨頁跟巴陵銀行有關，從高頻交易的獲利到壞帳的收拾方式，剩下來的我已經看不懂。大致上看起來，巴陵銀行的金控活躍程度很高，也願意冒比較大的風險來出貸。但這跟安東尼有什麼關係？這本筆記的主體雖是安東尼，但巴陵銀行的戲分幾乎要追上男主角。

如果梅勝霜是個喜歡做個案研究的人，她怎麼會挑上楊立功跟安東尼？三巴集團太大了，走在路上隨時會遇到他們的產品，所以巴陵銀行在三巴底下這項事實，我一直沒在意。但楊立功跟安東尼之死，寬泛點想，都跟三巴集團有關。雖然說台灣人一生要跟三巴集團毫無關係幾乎做不到，但若沒有三巴，這兩個人可能不用死。想併購安東尼共同創辦的收音技術公司的巴望傳媒，大股東也是三巴。安東尼死後，併購案還是在兩週內完成，但落價了近三分之一，比楊立功當老爸特助的獲利比例還高。說穿了，安東尼死得不是時候，但對三巴而言，是個天賜良機。楊立功的死對三巴絕對不是利多，但也在一個相對傷害小的時機，畢竟她就是算好時間去生孩子的。如果梅勝霜對三巴集團有特殊興趣，就能解釋為什麼她超仔細研究楊立功跟安東尼，甚至知道的比我跟波波加起來還多，筆記顯然是她花了很多精力的成果。人的時間花在哪裡，想要的東西也不會遠，我離梅勝霜可能買單的東西距離突然拉近。

我從螢幕中 3 號筆記的照片裡抬頭，天已全黑，整間套房只有電腦螢幕不是黑的。

精確點說，只有螢幕中照片裡黑桌面上黑皮筆記本的內頁不是黑的。梅勝霜品味超群的黑色書房，燈亮著也能屏除所有視覺干擾，讓人專注在筆記本上。這就是我看不出書房最佳位置的原因：整間書房都是最佳位置。原來沒有雜訊，或者說缺無，也是一種高竿的機能設計。書房跟蛋室都很適合專注，但感覺差滿多的，我目前還說不上來差在哪。

滿室黑暗把我拉回3號的內頁照片，所有內容晃過去第一眼，會看見紅筆筆跡。這次我只看紅筆：紅圈、箭頭、底線、數序、紅框，都在劃重點，以及表示如何理解筆記的內容。紅字的部分，無論是「隔年貸150還清」或者「定錨」，都像是黑字筆記後來的發展方向。

我完全看得懂的紅色資訊有兩項：劃紅色底線，標示成2的「遊戲平台併購」，併購安東尼公司的巴望傳媒，表示遊戲是內容產業的未來，大力投資開發遊戲。還有紅線圈起來的「父」，紅色箭號指向紅字：隔年貸150還清。底下甚至用更小的黑色箭頭指向一行更小的黑字：聯合銀行利息6％三年複利。那就是跟銀行借錢還老爸。梅勝霜劃的重點讓我把這兩件事連到一塊：安東尼渴望做個白手起家的富二代。

安東尼創業，極不願意靠爸。就算老爸只是以很低的比例借出創業貸款不夠的餘額，也想盡辦法不欠老爸，不惜付出高額利息。如果這個心態是安東尼的深層需求，我可以理解他最後錢軋不出來還是不找老爸借錢，最後跳下去的硬氣。他不是怕別人酸他靠爸，他是不能讓自己被老爸看不起，死都不願意。

如果巴陵銀行那個業務抓準安東尼這深層需求，讓他在自己開的公司被朋友的公司併購之外，抓住一個更不靠家世人脈的投資成就，像是眼光精準、抓住未來需求、早期投資獲利，豈不是更能獲得老爸讚賞的成就？

心法三：自我時機

今天梅勝霜不是素顏。德雯有教過我：「你們直男看女生有沒有化妝，都是靠彩度吧！」她沒說錯，我當天就以為德雯沒化妝。德雯嘲笑我之餘，順便講解她在日商的經驗：妝得化到看不出瑕疵，又要淡到直男看不出有化，只有唇膏可以淡彩，但絕不能正紅。膚色深的一般用橘色、膚色淺的用櫻色，用彩度表達淡妝的禮儀。我覺得好辛苦。總之，梅勝霜今天是偽素顏，要不是淺櫻色脣膏有光澤，我幾乎要以為沒搽。這麼清透的妝感，讓我想起第一次扛著攝影機在法院外等著拍她。我人高馬大，拍到最好的角度，得意。

第一次見她本人，陽光下，膚色反光到瑩白。看似素顏但更顯乾淨的精潔裸妝，是所有律師都會推薦的出庭扮相。加上白色圓領棉質上衣跟直筒淺藍牛仔褲，配上黑色髮圈紮束的低馬尾，清純得像二十幾歲。她當天就以無嫌疑之身走出法院。連下午的斜陽都讓她拍起來更清純自然，從逆光閃亮的髮絲到鼻尖、頰旁的汗毛，整個人的輪廓近乎透明。

「您一路銷售至今，功力一定是不斷成長。能不能舉例告訴我們，從您的職涯起點一路到銷售探花廬，您的銷售功力有什麼進展？賣一品閣的時候功力已經成熟了嗎？還是後來又進階過？」這次我一開始就照擬好的訪綱來，容易獲得明確採訪成果。

很難分辨是進法院還是賣一品閣這件事，讓梅勝霜從此有了銷售女王的名號，應該是兩個事件接連發生的協同效益；就像楊立功是三巴長女，第一次被大幅報導又是超成功的三巴人壽公關事件，才會一戰成名，從此冠名長公主。

探花廬橫空出世之前，全台灣最貴也最有名的豪宅就是一品閣。座落在故宮博物院的山腹藏寶庫側，人稱永不會被炸的安全座標，開窗就能看見故宮屋簷的銘黃色琉璃瓦，堪稱一品。梅勝霜也是賣出最多戶一品閣的銷售員，業績在當年就是穩妥的全國第一。一品閣住戶雖然不像探花廬，被恥笑為全國犯罪率最高社區，但也出過事，大事。

一品閣最知名的住戶本來不是羅寒單，羅寒單是出事之後才成為社會焦點，影響巨大。羅寒單是保守派立法委員，從議員轉立委的第二屆任期遇到全國大罷免，他跟十二個同黨同事的任期被一次掐斷，頓無所依。隔兩屆選舉，黨讓他復出已經感恩戴德，再沒有臉重戰原本的選區，保守黨發配他去打五五波偏弱的選區，他得拿出一切來拚才有機會延續政治生命。這種載浮載沉的區域立委，通常沒有特殊背景，知名度不會高，這屆沒選上大概就得回去選市議員。然後他就死了。

安東尼死得孤單，楊立功死得艱難，羅寒單卻死得熱鬧無端。

人類社會裡最熱鬧的場子不過慶典。各地文化的慶典都別具特色，台灣的盛典還屬廟會，廟會中最最熱鬧的，當屬媽祖出巡。這位定海女神，是海島居民的唯一共識。媽祖寶誕，是一整個年度，台灣民間最大的宗教盛典。兩週後就是國會選舉，每個候選人都想來蹭媽祖的熱度。羅寒單本來就追隨過遊行隊伍出巡，沿途拉票，以最大間的天后宮為行程終點。這對選前忙著找鄉親拜票的候選人而言，能一次接觸到最大量選民。

路面一早就清空，領銜的是鞭炮。不是一公尺長的掛飾春炮，而是三十公尺長，迤邐一路的大型聖事專用路炮。霹靂啪啦炸滿路，用柏油路上炭黑色的炮痕、空氣裡白漫四方的硝煙，為遊行開路，後面的陣頭就能穿煙而出，騰雲駕霧。

鑼聲先發。破煙而來的報馬仔赤腳戴笠，扛長傘、敲金鑼，知會眾生：神明將至。媽祖的駕前隊伍陣仗宏大，台北名剎松山慈祐宮的花車，是當天最遠道而來的車隊。媽祖金身卻不乘車，四名肩有轎繭的赤腳轎夫肩上扛著輕巧的藤製武轎，晃顛顛晃顛顛，把轎稜四角金黃熾紅的彩花串鈴搖得噹噹響，如有神在。

鑼聲緊接著嗩吶，讓人無法不打起精神的響利銅管，金裝插旗、黑面威怒的五府千歲報到。繡袍內，王爺代天巡狩，腿跨八字步，凜凜威風。廟方紅衣人在兩旁開路，威嚴可比政要訪查，整條馬路這當下只為王爺所用。這可是羅寒單一個小小立委候選人一輩子享受不到的權力，他只能在紅衣人擋路的外側，穿著寫有自己姓名的競選背心，想辦法跟路邊的信眾搭話握手。神明當道的時刻，凡人都是路人，選舉發財車不可能出動護駕。羅寒單跟他隨扈步行在側，和信眾握手時得扯著嗓子說：「大員市第二選區羅寒單，懇請支持。」他今年要打的選區，在登記參選前才剛住滿六個月，擦邊符合競選資格，需要遠超過於以往的拜票力度。他決定展現親民的一面，每天花一個小時在遶境人群中與民眾握手，總握手數超過跑一趟傳統市場，還是值得。加上每天都有新鮮的苦民所苦照片可以宣傳，打響「第一位全程參與遶境候選人」的努力形象。

廟會裡的每一個環節，都是甩脫日常的歡慶，信眾無不癡醉。從華麗的織錦繡帳，到宏亮的重節拍音樂，甚至空氣裡的硝煙氣味，以及避不開的摩肩擦踵，都用滿載的感官讓人狂歡。這都只是前導，主秀總要等場子熱了，才一次捧出，創造高峰體驗。掛黃旗的哨角隊低沉的銅管聲，強壓三太子的歡脫和嗩吶的尖厲，光用聲波都能為媽祖闢一條大道。羅寒單和助理出席了八天，都是預備動作，終於等來主秀。

主秀當然是過生日的媽祖。媽祖金身已經從信眾暱稱「粉紅超跑」的藤質四人小轎迎出，頂上的粉紅雨布功成身退，由雕飾華美、木質堅實的烏心石八人大轎護送回鑾。能和媽祖一起進家門是天大的榮耀，沒有官職的羅寒單不在廟方排好的貴賓站位上，但他當然不想錯過。在媽祖金身的新聞照上，以信眾身分露臉，表示自己和選民一樣謙卑，眾生平等。如果還能在媽祖金身旁被記者採訪，媒體效應怎麼看都賺。不料，反對黨的超新星，首都立委候選人范姜麗雲臨時加入這場全台灣最大的宗教活動，把所有攝影機都吸引過去。最可惡的是，有顯然能當選的政治人物加入，與媽祖同框的機會，當然就輪不到羅寒單這種來沾光的候選人。在三太子跟醒獅旁邊就開始備受忽視的羅寒單，在媽祖神轎進廟埕之前，在兩名隨扈開道下，擠到廟門前。

道教寺廟規範很明確，正門只有神明可以走，信眾請由兩側出入。正殿大門前開了道，給神轎和轎夫過，兩側的廟門就又更擠了。寺廟的門檻一般都有腿脛高。規模大一點的宮廟，門檻甚至會高於膝蓋，表示是非常莊重的神殿。

神轎進了廟埕，登上龍階，正要進天后宮正殿。全體信眾無論遠近，都用晶亮的眼神望著媽祖金身。這年媽祖寶誕前，新髹了金漆，也補正五官的落漆，神像格外莊嚴清朗，信眾無不嚮往。這時候羅寒單跟兩名隨扈，正急著從東側廟門擠進正殿，以便在神壇旁與媽祖同框。跨門檻的時候一磕腳，羅寒單整個人向前撲倒。但背後的信眾眼巴巴瞅著媽祖金身呢，哪會注意到前面那個頂禿的後腦勺一下子跌趴？後頭還直擠，誰都想跟神轎一起進殿。兩位隨扈再著急，也擋不住一浪推一浪的人潮，踩踏在軟綿綿的羅寒單身上。

「踩死人啦！」

「有人跌倒！有人跌倒！不要再擠了！」

這些急迫的呼喊，都被信眾的《天上聖母經》合誦給掩蓋：「末法轉時，眾生造業深重；世道崎嶇，人心奸訐莫測。蓋謂受身之後，去聖時遙……」經文甚長，單念就要三到五分鐘。眾人合誦的韻律起伏有固定節奏，複誦句也層出不窮，這一念下去，花了十三分鐘。

兩名隨扈再怎麼想救老闆，也沒膽子彎腰下去攙他。他們只能盡全力擋下繼續踩入的信眾，減少進一步傷害。他們也試圖向廟方大喊，說這裡出事了，要叫大家讓開。但他們不在正殿，還在外殿門口呢，離香爐都還有五公尺遠，遑論正殿中央的神壇。而且一干信眾正杵在一連串感官刺激的顱內高潮，現在全神貫注要等著目睹媽祖金身入殿的感動。一輩子都參加遶境的信徒，也沒幾次能擠進正殿，眼見媽祖回鑾，人人旁若無人，心中、眼中唯有媽祖。羅寒單還在地上，臉面朝下。就算踩在他肉身上的人感到腳底有誤，想要離開，但是哪走得開腳？人潮跟浪潮一樣不可控，只會隨著壓力的強弱決定流向。現在所有的壓力都往殿裡衝，沛然莫之能禦。

羅寒單本來排不進廟裡。要不是他仗恃自己之前多年立委的尊貴身分，從為媽祖神轎開的道上一路插隊衝到廟口，又在廟門前，被只有抬神明的轎夫才能踰越的天后宮正門擋下，才從東側廟門擠進廟埕，他也不至於只跨過門檻，沒跨過鬼門關。

從天后宮外殿的地上被送上擔架的時候，羅寒單還沒越過鬼門關，尚有一口氣在，否則世人也不會因此認識梅勝霜。

在羅寒單斷了八根肋骨、脊椎五處骨折，以及幾乎全身的軟組織受損的情況下，唯一能慶幸的是他背面朝上，保得五官俱全；腦殼也夠硬，還保有一絲清明神智時，有人問他怎麼跌倒的，羅寒單憤憤地說：「力行把我往下拉。」力行是他左右隨扈當中，站在羅寒單右邊，幫忙一路開道的那位。「力行他推我上門檻，我腳都還沒過，他就把我往下拉。他明明知道。」

俞力行本人的回應是：「擠成那樣，不踩門檻哪過得去？但是神明的門檻也不能給人踩。所以推委員趕快上去、趕快下來。人太多我們被擠過去，才會跌倒。我不想代替委員跌倒嗎？我都希望跌倒的是我，不是我們委員！」他的回應播出後不久，羅寒單就因為多重器官衰竭和蜂窩性組織炎過世。

從意外死亡者身邊活下來的人，才最遭罪。俞力行不僅背負上叛主的傳統道德壓力，還要接受意外致死的檢警調查。但最最吃力的是：他多年服侍的老闆沒了，半生經營的專長跟人脈就此斷裂。在他人生中最大的壓力之下，俞力行忍不住脫口而出：「幹！痟查某害死我！」於是全國媒體都想知道這個沒有害死俞力行，但可能害死了羅寒單，又導致大員市第二選區的立委選舉確定延期的瘋女人是誰。禍從口出，羅寒單案從一個宗教活動裡的嚴重意外，變成一樁動盪政局的命案。

立委選舉延期，是全國性的大事件。重傷的羅寒單沒有當場死亡，醫院也盡力維持他的生命。如果幸運，能讓被斷裂的肋骨戳穿的肺葉和壓壞的肝得到充分營養跟休息，甚至移植肝葉，羅寒單有機會活下去。但肌肉和皮膚這些首當其衝的軟組織受傷比例太高，一旦把所有壞死組織都移除，用人工皮覆蓋，也可能有失溫和失血過多的風險，於是沒有一次切除所有接近壞死的組織。在盡力用抗生素阻擋壞疽之後，還是逃不過感染。羅寒單死於蜂窩性組織炎的那一刻，距離投票日只剩六天。

《公職人員選舉罷免法》第三章第30條：區域立法委員、直轄市長及縣（市）長選舉候選人於登記截止後至選舉投票日前死亡者，選舉委員會應即公告該選舉區停止該項選舉，並定期重行選舉。

大員市第二選區非常搖擺，是所有政黨都沒把握的席次。無論是現任立委還是羅寒單，都沒有長久經營這塊選區的經歷。換言之，羅寒單在這個選區沒有已經安排好的接棒者，至少短時間內沒有。他之所以出來最後一搏，是為了兩年後初出政壇的女兒羅聿嬋選市議員鋪路。這當下，羅聿嬋連人脈都還沒打通，何況人氣？

這一屆選舉，由於第三勢力在首都立委候選人上推出極為知名的政治素人范姜麗雲，在民間的政治聲望遠高於一般政治人物，名氣拉抬，她政黨的其他立法委員候選人，也可能在大員市第二選區這種局勢裡趁勢搶占席位。保守政黨的選票總是隨年資凋零，近年來都拿不到國會絕對多數。如果第三勢力的提名立委這次成功搶灘超過五席，國會多數可能易主。這可不只是大員市的事務。第三勢力最有機會的一席立委，就是羅寒單的選區，而且這位候選人本就已經選上大員市第二選區的市議員。這次國會選舉，保守黨相當拚命，手上的名單已經用到盡，還啟用不少青年黨團的青壯年投入選戰，那可是過往只被政黨當成實習生的孩子們。

只不過是一個選區的立委選舉延期，說動邊政局也許過分。但除了一上一下的席次在膠著的國會裡拉鋸，這場意外更是打亂了選舉節奏。台灣人的政治熱情舉世罕有，動輒七成以上的投票率，令世界咋舌。選戰是年度盛事，比媽祖寶誕更大規模、參與人數也高得多。該在什麼時候放出什麼風聲，哪個候選人有什麼訴求、有什麼內幕，媒體投放時程的計算通常經過設計，選前一週，正是撩撥輿論風向的高峰，精銳盡出。消息這種東西，放出來就收不回去了。

攻擊羅寒單的新聞，此時突然變得不合時宜。人死為大，而且主打全程參與遶境的羅寒單顯然是全民信仰的支持者。這個時候，羅寒單上個任期內代表保守政黨提案造成的國土規劃弊案，作為重磅新聞出手，突然顯得無比尷尬。畢竟人家可不是畏罪自殺。這則新聞前一天才露了個頭，後一天記者去保守黨黨部採訪的內容，就變成哀悼羅寒單的同仇敵愾大會了。畢竟競選總部已經布置得像靈堂，連支持民眾都喊出：「把羅同志的份帶上一起拚！」一般的記者很難當場追問國土開發的環評瑕疵，也無處展示盛產石灰岩的花蓮山區被三巴水泥挖出的天坑空拍圖。

傳統上，政治人物或輔選家人因為選戰而有死傷，會衝高支持者的投票率。保守黨此刻雖然折損戰將，但訃聞聲量壓過一輪選前的弊案，同時衝出整個政黨的支持者投票率，一來一往，還有賺。尤其是自身缺乏名氣，靠政黨提攜的初次參選人，不從地方民意代表開始，第一次選舉就打全國層級的國會議員席次，更是無端獲得聲量跟選票。從結果來看，即便大員市第二選區的立委需要補選，一切都很匆忙，但整體選戰臨時打成哀兵必勝，險勝執政黨兩席，連任國會最大黨、贏得立法院長位置，足以抗衡行政權。賺爛。

羅寒單這位身上背著弊案的政治人物，應該想都沒有想過自己對政黨鞠躬盡瘁，能帶來這種勝績。他自己卻享用不到了。

「清楚知道在等什麼，時機來了你才抓得到」

「你上次說第一章標題要用什麼？」梅勝霜問。

「銷售，是揪出一個人會買什麼。」

「我在賣一品閣的時候還沒這想法，只想成交，賣誰我都無所謂。」

「羅委員也是您成交的吧？您認為他和一品閣是正確的媒合對象嗎？」

「呃，是不太搭。一品閣那種地方是給想隱居的人藏身用的，他要出來拋頭露面，會害其他住戶被打擾。但我以前就是看準了誰可能成交，就卯起來賣。」

「賣探花廛給安東尼的時候，您是認定商品適合顧客？那您從賣一品閣到後來賣探花廛，作風有什麼轉變？」

「基本上都差不多，之前跟你講過嘛，找出適合的客戶，挖出他們真正想要的東西，放到他們鼻子底下。不過賣完一品閣，我倒是有學到新東西。」她直接略過問題的前半。

我躬身向前，洗耳恭聽。

「時機，要找對時機。」梅勝霜問：「你有沒有告白失敗過？」

我點頭。

「想過為什麼沒成功嗎？」

「大概就我不是人家的菜。」

梅勝霜看我的眼神不是憐憫，幾乎是慈悲。「你有先算過成功率再告白嗎？」

我一怔，她秒懂。「對被告白的人來說，陌生搭訕、新朋友告白、熟朋友告白，是完全不同的處境喔！你覺得差別在哪？」

「不熟的靠第一印象，熟的可以靠實力？」我這樣答，因為我當然拿不到外貌分數，只有憑實力交往。

「只想著賣方，不想買方，一輩子都學不會銷售。就算賣的是你自己，也要先想買方。」她看著悟性不足的我，我懷疑她懷疑我智力不足。

「買單之前，有多少資訊能給人下判斷非常重要，不是愈多愈好。」她盯住我眼睛，強調這是重點：「陌生搭訕之所以成功率很低，不是靠你帥不帥，要靠人家心臟有多大顆。人家心臟大顆，比你帥上天更好賣。人家，比你，重要。」

「新朋友告白，是人家比我重要。熟朋友也是嗎？」

梅勝霜點頭。我想我的智力至少足夠劃對重點。

「你告白之前要怎麼準備？」

「嗯？刷牙、洗澡、抓頭髮，把要說的話在腦子裡順過一百遍。」我一邊講邊發現自己有多不在意「人家」的狀態。「應該要先確認人家當時適不適合做重大決定對嗎？」

我從梅勝霜表情看出自己的答案有多低能：她看我像在看一盆花或一圈輪胎，都是沒腦子的東西。

「要先確認你對人家告白，被買單的成功率有多高。要是告白的確是成功率最高的作法，就要算出告白成功率最高的時間點。」她看我一臉呆滯，臉轉向錄音筆：「你要賣的東西愈大愈貴，一個人一輩子買的次數愈少，就要給人家愈多時間考慮要怎麼買。突然告白要成功，基本上只能靠狗屎運，剛剛好你是人家的菜，而且人家心臟超大顆，球來就打，你才有機會成功。一桿進洞是實力跟運氣都到位才有的事，沒實力的人就不要告白，日久生情也可以。清楚知道在等什麼，時機來了你才抓得到。」

告白譬喻的好處是沒有屁股瀉藥那麼髒，壞處是非常模糊，我現在根本搞不清楚心臟大顆和一桿進洞在銷售上要對應到什麼。

賣點在：最大推力×最小阻力的黃金交叉

「有點抽象，能不能舉例？您是怎麼賣一品閣給羅委員的？」

「你想一下：有什麼事會讓羅寒單不想買一品閣？有什麼事會讓羅寒單想買一品閣？」

「價格絕對是一品閣的難點，當初的地王。地點算是鬧中取靜，但如您所說，需要居鬧市的人不適合。但一品閣的優勢也很明確，就是背靠國寶，不可能被炸，那時候不是幾乎要第四次台海危機嗎？一品閣的產品力無敵。還有在國寶旁邊，聽起來就很有氣質。」

「很好。你覺得哪些對羅寒單才是重點？想買跟不想買。」

「出手銷售的時機，是以對方想買跟不想買的條件來決定嗎？」

「不然我剛剛是在唱歌給你聽？」她斜瞟我，居然沒翻白眼。「這種客戶都是手上有房產，再往上升級的。最好賣的時機，就是他們手上有東西可以抵押，從銀行貸款利率低的時機，這要等，光是建案推出來賣的時間都要找好。另外。」她正眼看我，說：「你找的重點也沒錯，有錢人就是怕死，所以不會被炸很重要。」

「我以為他們是能跑掉更重要。」

「羅寒單買一品閣的時候還在第一屆任期，正想往上爬，你說他是能一走了之嗎？」

「所以客戶來看房子之前，您都已經認得了？」

「這種價位的房子都是預約銷售，不然每天開門讓買不起的人來坐坐聊聊喝喝茶嗎？」

「所以探花廛的安東尼也是在人生中適合的時間下手買的房子？」

梅勝霜笑了一下，表情不是「對啊！」而是「不然咧？」

告白譬喻都過去三分鐘了我才開始聽懂：重點不在告白，重點在明白什麼時機適合告白。告白就是當面銷售，明白時機要靠事前做功課。我從一開始就錯估情勢，銷售才不是陌生搭訕。

「您會仔細研究每位潛在客戶，才決定銷售方式？」

她又笑了，表情是「對啊！」

對啊。這才能充分解釋黑金色書房在她家裡的重要性。

「這本書不是針對一般銷售人員，是頂級銷售專書吧？」

「不然我是要出一本大眾行銷心理學嗎？那個圖書館去借就有一百本喔。」

「容我打個岔：羅寒單的助理一定買不起您賣的房子，您到底在什麼情境下，對俞力行提到膝蓋？」我對判決書上的口供實在好奇。

「我跟他講，我賣房子給中老年人的時候，都會貼心提醒防摔設計。不只加裝浴缸手把這麼簡單，裝在浴缸的什麼位置也很重要。在浴缸滑倒，跟跨進、跨出絆倒會是不同的方向，要知道人的膝蓋沒辦法改變方向，才算得出來會怎麼跌、防摔要裝什麼位置。」

俞力行是羅寒單的助理，也是羅寒單意外的肇事者，更是指控梅勝霜教唆犯罪的人。他的指控把梅勝霜帶進法庭，那天我第一次見到梅勝霜本人。

羅寒單生前的指控非常明確：俞力行在廟門檻上把他往右下拉扯，導致他跨不過門檻，直接前仆。而俞力行第一反應就是供出梅勝霜這個瘠查某。於是全世界都知道梅勝霜跟這兩個人有關，也才查出她何許人也，發現是銷售業界隱形冠軍，連年榮登銷售女王。我也才有這個案可以接。

她在法庭上承認對俞力行說的話裡頭，唯一與羅寒單相關的是「人沒有辦法在膝關節方向固定的時候改變移動方向」。

「他問您這個，是為了自己還是為他老闆？」

「房子已經成交還繼續追問的人，就是自己有額外需求。」

「他的額外需求是什麼？」

「每個男人的深層需求都是希望自己雞雞更大。心裡的雞雞也是雞雞。」

我可以告她性騷擾，但我不覺得她這是騷擾，因為她說得沒錯，只是用幹話的殼裏起來。跟上次的瀉藥對話一樣，用粗俗到你幾乎不認得的方式講話，就很容易看似好像話都講完了，卻什麼都沒透露。她一旦開始表演，會透露最多訊息、講得最順暢，畢竟能用攻擊性的粗俗字眼來表達，就跟罵髒話一樣，讓人放鬆不少。得讓她表演。

「俞力行的雞雞有多小？比羅寒單還小嗎？」

「小很多欸，一個要一品閣才夠放，一個用競選總部就塞滿襠。」

看樣子跟他老闆有關，是選務。「塞滿競選總部的話，也不小，他還想要多大？」

「他老闆不給放喔，叫他縮起來。」

「縮到多小？要順便縮肛嗎？」

「嗯，要縮到肛肛好。」

「有人要肛他？」

「幼齒的。」

這是我第二次跟女人展開這種泄殖腔對話，第一次也是跟梅勝霜，屁股瀉藥。

「多幼齒？」

「俞力行十四歲，都上國中了，幼齒的才上幼稚園。」

我居然聽懂了。如果我從沒跑過國會線新聞，這段雞姦對話純是垃圾；可一旦聽懂，我還真想不出比這更精簡的方式來說明整件事。

俞力行是羅寒單兩屆立委任期和沒當選那屆的助理兼競選總幹事，十四年的職涯和羅寒單緊緊相依，搞掉老闆對自己絕對沒好處，因為很少人願意接別人用很久的老臣。

但保守黨最近瘋狂想把組織門面年輕化，引入資淺但學歷好、資歷新穎的人來逐漸取代老將，風向明確。會跟著羅寒單這種載浮載沉的立委這麼久，俞力行若不是忠臣，就是沒有更好的職涯選擇。就連這樣的職涯選擇都要被搓掉，難免對老闆心生不滿。

「幼齒的已經進去了嗎？」

「嘿啊，有點深。」

對話再深入下去我會怕，我也有菊花。「幼齒的，是黨部青年團空降，還是他老闆自家人？」

「青年團。而且還很帥。」

幹話是她的隱語模式，只有解語師能破譯。

「要去搶媽祖進廟的時刻來搏新聞版面，是俞力行告訴您的？」

「我讓他告訴羅寒單的。」

「他來找您還是您去找他？」

「男人想找地方放雞雞的時候，就會自己去找女人啊！」

光憑這對話錄音，我就能告死她。

「您都賣一品閣多少年了，那時候羅寒單找您是要售後服務嗎？」售後服務很重要，因為再不轉換情境框架，我雞雞會不舒服，我也得歇歇。

「只跟去遶境，羅寒單就選得上了嗎？」

我搖頭。

「當過立委不會想回去選市議員，立委助理也不會想回去做議員助理。跟人握手有效嘛，他就肯幹！什麼都不幹的話，能放雞雞的地方就沒了。」

這什麼雞雞迴圈？一品閣和立法院都是男人放雞雞的地方。

「這次您要賣羅寒單什麼？」

「客人想要買東山再起，好幫女兒選上下屆市議員。你的話要賣什麼給人家？」

「苦肉計？」羅寒單那個民調，不是靠努力拜票就能選上的，需要相應的犧牲。

梅勝霜終於拿出不是在瞟一圈輪胎的眼神看我：「告白只能在最佳時機。」

錄音筆電池依然滿格，我有鉛筆在手。

行動目標：創造成交時刻

「羅寒單要選民買他，我就幫羅寒單找出對選民告白的最佳時機。」梅勝霜跳脫雞迴圈，接回告白譬喻，讚。

「台灣還沒有任何候選人認真到走完全程遶境，能做到就先贏過所有沒話題也沒建設的政客。」言下之意，羅寒單就是沒話題也沒建設的政客之一，也沒講錯。

「告白絕對不能是一個光棍跟其他光棍競爭，你如果是光棍，至少要是一個有穿衣服的光棍。不穿衣服是猛男的招，猛男不用跟光棍打。」羅寒單不只是光棍，身上還擔一宗自由派能打出選前最後一擊的重大弊案。

「只穿衣服還不夠，衣服要穿好、穿對、穿體面，才能從人群中一眼注意到你。」

她一講，我發現自己袖口有點磨損，一驚。

「遶境就是修行，修行就是吃苦，吃得苦中苦，方為人上人。不吃比信眾更多的苦，只走完遶境有個屁用？就算要綜藝摔，也要摔在媽祖轎前。轎前永遠有鏡頭在直播，全境放送。」

「俞力行沒有照您為羅寒單委員量身打造的告白時刻來走？」我找來讀的判決書沒有這段。

「你有遇過自己想要去死的客戶嗎？」

我搖頭。

「你遇到的時候跟我講一聲。」

「您在法庭上怎麼不揭發俞力行？」

「我客戶是俞力行還羅寒單？羅寒單買個東山再起不就是為他女兒鋪路？告訴大家羅寒單本來就打算綜藝摔，對他有什麼好處？」

只有在羅聿嬋競選市議員的時候，再揭露俞力行的劣行，才能讓羅寒單買到他想買的東西，兼顧報仇。俞力行對她爸痛下殺手的過往被揭發，把羅寒單沒用上的苦肉計拿來，為羅聿嬋贏下選戰，鳥盡弓藏最符合羅寒單的利益。

「您願意讓我把這部分放進書裡嗎？」

梅勝霜點頭。下頷輕點兩下的過程中，視線澄亮亮望著我，絲毫不隨頭顱擺動。這位案主開局的氣勢如獅王，再訪也遒勁如黑豹，但眼前這一瞬間浮現的溫順柔婉，竟有初見時的清純感，像隻純色銀灰的家貓，仰頭上望。

除了反胃嘔吐，她第一次露出不是氣場強大的形象。反胃嘔吐跟發燒放屁一樣不可抗，人皆有之，但是她眼神絕不是「容許」我把俞力行的背叛寫成場邊花絮這麼簡單。那兩下輕輕的點頭，除了 yes，還是 please：「俞力行叛主致死的劣行並非羅寒單的本意，梅勝霜也沒有教唆，還望周知。」雖然揭露這樁事實還不算是我可以賣給她的東西，卻已經是目前她最「想要」的事物。

我終於好好坐下來，清空桌面、攤開筆記本、關大燈、打開檯燈，讓整棟公寓除了筆記以外一片黑，廉價仿造梅勝霜的高級書房，以便專注在眼前的資訊上。把這段時間以來跟銷售女王的交手紀錄攤開整理：我到底能賣她什麼？

這問題恐怕得從「她到底在意什麼」下探。

梅勝霜第一次說話發生明顯轉折，是提到安東尼，無論誰看都不該去死的安東尼。至於她主動表示介意的俞力行叛主事件，羅寒單在原初腳本裡，皮肉傷不可免，但絕不該死。巴陵銀行業務和競選總部主任俞力行，都把死者推到更危險的懸崖邊緣，一錯身就會墜地。梅勝霜對這兩件事顯然都非常在意。她在意的點到底在哪？是她的客戶受害？還是那些人偏離腳本？或者長期經營的人脈被折斷，她蒙受損失？

暗黑裡，屏棄多餘雜訊，我想起一件事：楊立功死後，梅勝霜還查到瓦斯行資訊，表示她看出楊立功之死與氣爆意外的關聯。否則已經賣不動的客戶，哪值得繼續賣力研究？楊立功絕不該死，而且沒有任何人會懷疑產婦失血過多這種死因。安東尼之死也是毫無疑問的自殺。羅寒單若在踩踏意外中當場死亡，俞力行叛主的行為就不會被懷疑，以致背上過失致死罪名。羅寒單這種幾年後還回頭來諮詢的客戶，一定也有自己一本黑色金字筆記吧？

把手機裡的筆記內頁照片一一傳進電腦，眼前這張偷拍：「2.2 Mbps」在安東尼筆記本，獨占一整頁。Mbps 通常都是手機上網速度之類的標示，但我照片拍得歪七扭八、光線黯淡，對焦在我中指上。這條資訊的跨頁其他內容，都跟安東尼公司被巴望傳媒併購相關。明明安東尼公司的技術是立體收音機制，巴望傳媒因為發展虛擬實境所需的環境動態立體聲，決定收購這家公司，梅勝霜幹嘛要在筆記裡強調傳輸速度？

原來 2.2 megabyte per second 的定義是每秒兩百二十萬個位元組的訊息量，不見得是網速。我電腦裡一首新買來的 MP3 音檔，只有 256 Kbps。我知道李英宏的《東方美人》值得更好的音質，但 MP3 檔比較便宜。如果安東尼公司的收音設備錄製起來檔案有 2.2 Mbps 這麼大，巴望傳媒正在開發的頭戴式 VR 頻道，光立體環境音音檔就這麼巨大，怕是離商用獲利又更遠了。如果巴望傳媒早就發現了呢？畢竟跳樓，失去最多的人是安東尼；賺到最多的一方是巴望傳媒。

巴望傳媒和安東尼的公司一樣，是富二代主持的新創、新京城四少開的公司。如果說安東尼是新京城四少裡公認的門面，婚前的楊立言就是純金鑲鑽的最有價值單身漢。高、富、帥三項評比，他單憑一項富就能補滿另外兩項的分數，成為時尚雜誌揀選出來的最有價值單身男子之首。塞進三件式西裝裡，並肩對照，是兩人之不幸。

巴望傳媒的商業模式比較玄，簡單講是早期投資；說白話就是先燒錢搶賽道，成為領頭羊，就有機會制定規格，獲利不是現階段目標。根據時尚雜誌的採訪內容，穿復古緹花背心的楊立言表示自己投資ＶＲ是為集團多角化經營的未來鋪路；用英俊側顏展示腕上機械錶的安東尼，在下一頁就同意內容才是可以無限複製產品卻不增加一點成本的產業，所以他選擇投入內容產業所必須的新技術。根據經濟部的商業登記資料看來，巴望傳媒成立三週後，安東尼也登記了新公司。能做預計被大財團收購的技術，誰要選不見得能獲利的生意？

做到足以展示成果，但離獲利還有一段距離，是楊立言跟安東尼的共同利益。可惜在收購條件上，兩人利益必定相左。彼時彼刻，楊立功剛被加冕為三巴長公主，對好不容易從基層打滾到自立旗幟的楊立言來說，壓力不小吧？

安東尼墜樓當週，他的信貸違約次數已經把信用評分拉低到200以下，房貸不能再遲繳，否則銀行就能介入，取得拍賣權。無論是信貸違約、房貸違約，都足以逼安東尼接受更低的公司出售條件，以儘速換取救命現金。至此，安東尼都不必死。

我仍然認為跳樓是超不理性的選擇，但發現安東尼更早就基於不願意讓父親失望，或說不願意面對自己讓父親失望所做出的不理性選擇，他跳樓就沒那麼難懂。但不理性沒辦法預估，而且安東尼跳樓導致收購價跳水實屬不必要，他只要被爆出個人信用破產就能達到商譽受損的效果。

安東尼過度反應，死了；俞力行執行過當，羅寒單死了；楊立功也死了，難道要怪她失血過多？除了都不必死，這三個人還有另一個巧合讓我難免把他們想在一塊。

巴陵銀行是三巴集團底下的公司，再怎麼敢貸的業務，也需要上頭願意核貸才能成交，才不是好敢貸業務先生或小姐一個人能成的局。巧的是，獲益最大的收購方巴望傳媒，也是三巴集團完全控股的新公司。安東尼的死亡時機，剛剛好造成三巴獲益。

羅寒單在那波立委大罷免中箭落馬，就因為他任期內，三巴水泥跳過《原住民基本法》的礦業規範，在花蓮山區挖開的天坑被爆出來。這遠不是羅寒單涉入的唯一案件，也不是他與三巴集團的唯一勾結。他的死同樣庇蔭了巴里建設繞過國土開發的環評，輕鬆以最有利標取得的海濱大型建設案。除了短時間內誰都不好意思大查死者的弊案之外，由他的死期翻轉的國會比例，也令跟三巴集團素來密切的保守黨取得國會多數，在下一個任期繼續保障這個開發案完工前都不需要重啟環評。

跑新聞、做調查的基本原則就是看金流和利益關係。從這起死亡的獲益方看來，羅寒單會不會是一支犧牲打？保守黨坐地獲利，只需要付出幾滴眼淚。便宜。

媽祖金身回鑾的時間和盛況都可預期，信眾在朝聖當下，心絕對不在安全上。麥加朝覲的踩踏意外和韓國梨泰院的推擠事故都證明：擁擠的群眾不會知道前方發生的事，只會繼續前進。保守黨如果想在選前安插一支犧牲打，心懷怨恨的俞力行完全可以在選前兩週製造一場嚴重意外。

但保守黨能給俞力行什麼？讓他心碎的不正是保守黨嗎？三巴集團的獲利也不可謂不大。從三巴化工的偷排廢料事件，我就知道三巴的慣性是：罰款金額一開始就算進成本，甚至列在公關預算底下。不只違法，而且毫無道德。羅寒單之死，跟三巴的關係很間接，但收益很高。最棒的是，查案不會查到這麼遠。羅寒單一死，三巴水泥跟巴里建設的賄賂嫌疑就再無證人，連轉污點證人都沒辦法。

羅寒單死的時機太巧，甚至翻轉選情，成為超級強勁的副作用。俞力行害死自己老闆，最大獲利者理論上還是三巴，因為選情難測，單靠一支犧牲打影響輿情效果有限。而且保守黨推出的新候選人，居然是俞力行忌憚不已的年輕競選總部副總召，可見匆促。

我多希望楊立功產前的瓦斯氣爆是意外，而不是預謀。畢竟預產期雖然可預測，但產程跟病灶連醫生都不能預言。但踩踏意外、富二代自盡，哪個是能預言的後果？

關上螢幕，一片黑。我今天已經資訊過曝，沒辦法再攝取更多新知，卻也擋不下在腦子裡橫衝直撞的暴亂訊息。仰面在床，傍晚六點整，窗外正對面的水銀路燈毫不留情，準時穿透遮光簾上的破洞刺進眼睛，每次都覺得我要被閃瞎。拎起地上的銀膠傘往床頭一擋，室內撐傘，有夠荒謬。

銀膠傘打開，裡面大約是個半球，只要頭的位置放對了，就是廉價速成版蛋室，容易遁入內在思緒。人在球心，一切都與我維持均勻距離，感到無比穩定，好像球心的重力場比其他地方略強，把我定在中央。

楊立功天資聰穎、家世顯赫的開放人生裡，她一旦選擇接家業，是不是也像進入一個重力場？在場心，就得維持整個環境和自己之間的平衡，否則連重力場都要因她而破。工作如是、繁衍如是，若不成為兼顧事業與家庭的女人，沒辦法繼承一整個王朝。楊立功從站進場心、撐起重力場那一刻起，就在冒生殖風險。而這風險，只會愈拖愈大。但是太早生，又不利於拚事業。書念多了，年紀就大了。年紀大才進職場，就算是長公主，也得花時間重新學習，何況三巴家大業大，學習曲線無論如何都很長。

楊立功在三巴重工度過她的四十大壽。當天她的主要行程是跟現場的機構工程師協調：開一條全新產線的話，人力怎麼重新分配才能保持產能彈性，用舊訂單養新產線？她前一天才從沖繩回來。秦先生本來期待能去克羅埃西亞，在亞德里亞海岸好好放鬆一下，但楊立功打算渡個簡潔蜜月，只過個海島週末，以便銜接工作。這一週是她從進入三巴集團工作以來，最最閒適的一週。

終於到達事業的一個新平衡，楊立功可以來補齊她推遲已久的後代繁衍計劃。但她的時間窗口也非常有限，一方面胚胎植入可能需要幾次的反覆嘗試，時間加總會超過懷胎十月，二方面三巴電子的新一代製程已經開跑，研發路上慢人一步，就是失去訂單。

除了這一年，她也沒有其他更適合懷孕生子的時段。這一年也不是不用工作，只是沒有全新的規格需要突破而已。這一年，就是楊立功正式在蛋心躺下的時機，一切的一切都達成一個相對穩定的平衡。但她省下來的力氣，全都用在子宮上，一次懷兩個男孩。以楊立功的個性，疊合上她的處境，這幾乎可以計算得出來。

只要知道預產期，從各種狀況回推，製造缺血的意外就沒那麼難。剩下來的恐怕就是靠運氣，看這個所有生產條件都最劣的產婦，會不會有植入性胎盤。一旦有，出血就非常難止，一旦血庫供應不來，真的會死。冬天血庫本來就容易存量低，因為人不太想捐出熱血。鄰近醫院在血庫存量低的時候，通常也比較不樂意分享。而血庫缺血要緊急勸募，一般得花兩個禮拜才能補回正常庫存量。爆米香意外發生在楊立功預產期前六天，楊立功提早三天生產。身體負擔大的雙胞胎男孩孕婦，本就容易提前生產，補足血庫的時間窗口又從六天縮成三天。

我探過爆米香車的情況，是那一帶出名的小吃，尤其鹹甜鹹甜的蔥香糖蜜口味更是熱銷。那攤車每週四固定到醫院前面大公園擺攤，下雨就打傘。冬天，現場出爐的熱騰騰小吃，總是能聚集人群。天冷，人也會往熱氣靠得更近些。二十六人死傷的案子，至今被視為意外。我也不確定，是因為攤車有瓦斯桶，才成為大型意外的發生點，還是攤車固定週四擺攤，才成為大型意外的時間點。能確定的是，供應攤車的永隆瓦斯行，瓦斯桶都偏老舊，而且爆米香攤車平時都停在外頭過夜。

楊立功死在四十八年人生中，最脆弱的一刻。那一刻的時機，可以根據已知事實推算得出。

今天早上，我才從銷售女王的成長經驗裡聽聞「時機，要選對時機」是她的重要心得。在羅寒單考慮到當初的銀行利率和逼近的台海危機時，我在心裡只是記得這兩項條件。此刻，大學修過的經濟學原理在我眼前圖像化：供給曲線和需求曲線的交叉點，就是市場價格！這種基礎中的基礎，只要抽換一下條件，就可以變成：動力曲線和阻力曲線的交叉點，就是成交時機！

安東尼、羅寒單、楊立功之死的共通點：死前的行為，都可預期；死亡的條件，都可製造；死亡的時機，都可推估。

這三個人的死，就這麼剛好都是能讓局面翻盤的時刻。巴望傳媒在短時間內獲得低價新專利，足以對外展示第一波產品測試；保守黨在國會翻盤，讓巴里建設標到的國土開發案在完工前都不會被勒令停工；長公主歿，三巴皇子的繼位機率從三分之一提升成二分之一。若我之前的調查還沒被推翻，巴里建設是支持楊立言接班的集團內子公司。受益方雷同，巧合嗎？我不這麼認為，而且梅勝霜顯然也不這麼認為。否則她沒必要特別請我揭發俞力行，把自己為羅寒單鋪排選前曝光的舊事翻出來，揹上推翻判決的風險。

梅勝霜想揭發這件事情，想到願意以自己的麻煩為代價，同時關切楊立功之死，對安東尼的反應也藏在說話模式裡。無論是屁股瀉藥，雞雞迴圈，還是告白失敗，提到安東尼、俞力行、羅寒單這三個人的時候，梅勝霜都迸出一整套看似在逃避話題，實際上雖然不確認任何具體資訊，還是把案情全都讓我聽懂的隱喻。羅寒單的案子裡，她就是被俞力行反咬教唆，幸好沒有證據。我猜她一朝被蛇咬，日後講話就謹慎了，沒有證據就不控訴誰，像是沒講卻什麼都說明白了。她，想要我聽懂這幾個人的事，才這麼大費周章打開表演模式。這是她想要我做到的第二件事，第一件事是賣她個東西。

我一直以為自己在寫銷售現場的快狠準見人說話術，錯得離譜。梅勝霜說「能引發預期行動，才叫有效銷售」的時候，我顯然沒帶腦子，居然以為重點是有效銷售，不知道應該放眼在引發預期行動。這才是更大的誤區。她要我揭發俞力行的事，在我點出巴陵銀行業務行為過當的時候也反應很大，那些都是因，我卻只看果。

如果調查出一整份跟當初三巴化工弊案一樣完整、足以定罪的報告，梅勝霜會花多少錢買？

銀膠傘這麼棒的東西，我以前怎麼都沒有發現？原來黑金色書房和淡綠色蛋室的功能不同，而且缺一不可。因為歸納跟分析有差：歸納是從繁多的資訊裡，抽出有意義的幾條，從中找出共通原則；分析是從已知的原則裡，和現實對照印證，一一檢視事實是否能用這些原則來推導出更有解釋力的理論。好想要梅勝霜的蛋室，在裡頭睜著眼就很容易思緒漫遊，隨時開放靈感來訪。眼前的傘骨跟傘柄很礙眼，一把兩百五，不能要求太高。

心法四：反客為主

「這禮拜上山，可以順便幫我帶一綑普通的封箱膠帶嗎？」梅勝霜在採訪前傳訊息來。她那天不知道我會手提四杯咖啡上山，其中一杯還被她吐光。

我當然是樂意。一般人也會幫這種小忙吧，畢竟對方住山上別墅，生活用品都要下山取得，封箱膠帶這麼容易的東西，順手帶一捆真的還好。何況這點小惠就能打好跟受訪者之間的關係，幹嘛不隨手做功德？

「這個禮拜上山可以順便幫我在山下便利商店取貨嗎？店號是217282我就收件人姓名電話填你」，隔週採訪日前三天，她傳這個來。我一樣欣然接受。不然呢？反正我的姓名跟電話號碼她本來就有了，而且很多獨居女子都會用男性友人的名字當收件人。我被我姊和一個前女友當成固定收件人，不差她一個。

總之我這次上山，兩手都滿的，因為上山前來了新簡訊：「我訂到金蓬萊的排骨酥了，超難訂。你上山順便拿好嗎？他們不送山上。我們一起吃。」

這也是一個非常難以拒絕的請求，人家不只訂到名店的招牌菜，還特地跟你分享，不順路拿菜說不過去吧？而且金蓬萊的排骨酥真的很誘人，我自己平時吃不太起。不過那可不是單一份排骨酥那麼簡單，還有土魠魚米粉鍋、火山熔岩豆腐和金瓜米粉。我兩手滿到沒辦法按門鈴，得在下車前先傳訊給她，請求開門迎賓。

單把這些訊息抽出來看，我簡直是被小王子花時間馴服的狐狸。但這些簡訊之間穿插的，是安東尼跳樓的現場探勘、跟德雯去診所探消息、電子公司股東會、天后宮參拜，還有去瓦斯行這種麻煩行程，順路帶東西上山只是小菜。

她吐完咖啡隔週，落地窗邊下午的氣味是蘇格蘭奶油茶和英式奶油酥餅。

「來。」梅勝霜指引倒車般，向我搧了搧左手四指，要我朝她靠近。

「頂著，不要動。」她居然把桌上配茶的奶油餅乾放到我頭上！

「你看，你真的頂著沒有動。」她望進我的眼睛，神情看不出在講幹話。

「不是，妳不是叫我頂著？」

「你怎麼就這麼聽話呢？」

我趕緊把奶油餅乾從頭上抖下來。

「就，不動也不會怎麼樣。」我對自己黃金獵犬般的反應也感到非常尷尬。

一個完全出乎意料的指令衝到眼前，甚至壓在頭上的時候，人很自然就接受了。一點都不理性對吧？但很直覺。我後來才學到，在心理學上，如果你答應過幫助別人，接下來會更容易幫助同一個人。畢竟如果都已經同意幫助她，她應該不是什麼太壞的人，不然幫助她的我成什麼了？總之就是這種避免衝突的心理機制，明明以舉手之勞作為起點，終點也能莫名其妙放大成赴湯蹈火。

「有的選，人就猶豫。直接放在客戶的鼻子底下！」

「程遠，幫我個忙好嗎？」她來電話。「幫我確認一下桃源國小午休的精確時間。」

「喔，可以啊。」我覺得很莫名，但這也不是很難，可能要跑一趟。這種麻煩我還收得起。

「蘭陽市的桃源國小還是雙和市的桃源國小？」我搜尋後跟她確認。

「雙和。」

雙和市離我比離她近很多，可以理解為什麼找我幫這個忙。打電話去當然也可以，所以我就只打了個電話。

「請問一下，你們學校午休幾點到幾點啊？」

「您哪位？」

「我是三年級黃家豪他舅舅，我姊叫我送家豪下午上課的美術用具去。我開車去要估個時間。」

「十二點下課，四十五分午睡。來遲了東西放警衛室也可以。」

這對話之簡單，我不相信梅勝霜問不到。她幹嘛叫我問？她很忙嗎？在忙什麼？

自從看過金字筆記本之後，我覺得梅勝霜如果一貫單人作業，得是工作狂等級。我該不會無意中幫她調查了某個超有錢的潛在客戶？

「我們來校外教學一下，這禮拜去別的地方採訪。」她又丟訊息來。

「哪？」

「聖芳濟醫院。」

王醫師聽說是婦科權威，至少候診間所有的細聲討論聽起來就是這麼回事。

「39號！」這是與我同行的梅勝霜掛號順序。

「這是在美國做的電腦斷層，說是子宮纖維肌瘤。我想問問評估手術怎麼做比較好，這個急嗎？」梅勝霜表情凝重，眉心微蹙。

「有出血嗎？」

「就是有一點才想說來看醫生。」

就我的觀察，她顯然單身。我的作用就是權充伴侶，大家都喜歡這樣使用我的身高跟性別，我看起來就像個憂心忡忡的一家之主。我就跟她一起蹙眉，以表莊重。

「喔我看這個齁，這裡。」王醫師用手戳戳片子上的一個不均勻灰黑色色斑：「說是 fibroids 也是很像，看不出來是不是 leiomyosarcoma，但是我就覺得這塊組織不是很結實。」王醫師抬頭看看梅勝霜，又看看我，問：「生小孩沒？」

我哪知道我們生小孩沒，人設又不是我負責的，我臨演而已。我只好深情款款望向梅勝霜，期間不忘蹙眉。

「還沒。」她接話。

「有要生嗎？」王醫師接著問。

我雖然可以耍廢，但是為了獻殷勤，我握起梅勝霜的手，向她討教該怎麼演下去，還不忘看著她的眼睛。她手軟的出奇。

「你還是要生嗎？」她問我。這是最理想的拖戲方式，以合理化顯然的遲疑。我想這就是我在這裡的理由。

我遲疑了一下，當然不是在想我這輩子有沒有要小孩，而是她需要什麼答案來繼續這場問診。對王醫生的問題，我不免感到擔心，他很像是要說想要根治就要割掉什麼的，那以後就不能生了。出於對一個病人的同情心，我這下蹙眉倒是真心的，原來梅勝霜可能有惡疾。

「沒關係。她健康比較重要。」我在聖芳濟醫院的角色，比我在寧馨生殖醫學中心的角色善解人意多了。

「好。你們先不要擔心，這個位置有點曖昧，組織看起來也還好，有可能只是良性的纖維肌瘤，那個拿掉就好了，大概三分之一的女人這輩子都會長，不會怎樣。我是擔心，如果是軟的，問題就大條了，那就不是多長一個東西，那就是病變。有病要醫，要醫可能要割掉。割掉妳就不會再有月經了，懂？」

我們倆點點頭。

「最好是做切片。這CT什麼時候拍的？」

「上個月。」

「這樣吼，我們今天再拍一次，看看這個腫瘤一個月有長多少，再看看怎麼做比較好。先喝水尿尿抓癢清喉嚨，等一下下樓拍CT十幾分鐘不能動。」

「這個CT是我姊姊在美國做的，她找我幫忙問second opinion。很抱歉，我不是本人。」梅勝霜在被抓去做電腦斷層之前招認了。

娘的！所以我們現在就是在醫院仙人跳嘛！這跟我找德雯去生殖醫學中心，騙楊立功資料腳本根本一模一樣，但是我這個月還在幫德雯整理收據，梅勝霜找我就免費，我很虧。而且還臨時改設定，害我剛剛撒了蹩腳的謊，現在非常難圓。

「我以為是妳~結果是Elaine嗎？」我裝作如釋重負，只是因為圓了前一個謊。

「嗯。她好像不太好。」

幸好我們離開聖芳濟醫院的時候，王醫生沒再多問，我想他沒那個美國時間。

「那電腦斷層片子是誰的？」我問梅勝霜。

「不是你也不是我。」她真是廢話。

「不能講喔？」

「你可以猜猜看，地球上一半的人口先排除。」只要她逃避，就一定是有價值的資訊。

「不會啦，有錢人沒那麼多，有錢的女人又比男人再少一點。剩百分之一人口。」

「哎喲，聰明喔。」她也不否認。

「妳這次要賣什麼？」人在外頭，我用您來稱呼她會很奇怪，反正在診間就叫「妳」了。

「還不知道。你先吃啊。」

我們可不是在什麼下午茶咖啡廳或是燈光美氣氛佳的餐廳。我們離開聖芳濟醫院之後，就來了薪傳醫院，但也沒進去。現在就在醫院對街一家賣鱸魚湯的小店坐著吃。鱸魚刺雖不多，還是不好囫圇吞，我就慢來，反正她一向吃超慢。鱸魚湯是傳統上開刀、產子恢復必備的滋補食品，這裡的客人幾乎都是醫院病患或家屬。梅勝霜叫我不要講話、嚼小聲一點。

「水木院區化療是不是可以分期付款？」「婆婆小腸一打開，裡面已經全部都轉移了。胡醫生就站在那邊幫她清了十二個小時，人實在太好。」「輔具不一定要買，也可以用租的就好。輪椅跟枴杖就可以租，醫院一樓就有。」這樣的對話在等待鱸魚湯的桌際流轉，但只有一個讓梅勝霜停止咀嚼：「副院長今年輪到婦產科，人家才在我們這裡當不到三年主任欸！」

梅勝霜停止咀嚼，側耳靜聽穿粉紅色針織外套的護理師，她們在隔壁攤買五香滷豬耳和鴨舌頭，不知隔牆有耳。

「你們婦產科不是愛與和平嗎？喜歡做研究不搞政治。」

「屁啦！我們主任光巡房不跟都會記恨好嗎？」手拎水煮玉米的護理師反應很大。

梅勝霜繼續咀嚼，手裡還在挑魚刺。今天真的是校外教學，我覺得梅勝霜在工作，而我有幸能見到採訪對象認真工作的樣子，卻看不懂。

「剛剛那個粉紅色護士講了什麼特別有趣？」

「人的抱怨最真實。人在抱怨的時候只會誇大，不會撒謊。」她這句話我一定要記下來。

這家店的鱸魚湯顯然沒有好喝到值得專程來喝，我去士東市場買材料來煮有可能更新鮮、更好喝，而且我懂得加胡椒粒調味，湯的層次會更豐富。重點是，薪傳醫院的雙和院區，跟聖芳濟醫院有四十三公里的距離，我想不出特地來這裡，卻只喝鱸魚湯的理由。直到梅勝霜打電話給我。

「你做過記者，有沒有認識醫學黎明的節目記者或製作單位？」

「我沒有。但是要的話可以幫忙聯繫電視台，怎麼了嗎？」

「就是想讓一位名醫上電視。」

「哪位？」

「薪傳醫院雙和院區的婦產科主任韓凜。」

「有想上的時段嗎？」

「如果可以當兩、三個月的固定來賓多好？你如果能讓韓凜跟醫學黎明成交，我保證給你一點八倍代筆費，你離兩倍就只差一點。賣我東西的賭約一樣是兩倍。」

「我盡力牽線。」

她絕少打電話，過往都是傳訊。我嚇一跳。

我認真想了一下，打電話對一般人而言有幾個理由。一種是長輩習慣用講的，不喜歡打字，她顯然不是。一種是大忙人，要馬上找到你、馬上解決問題。她無論忙不忙，至少之前都使用簡訊溝通，而且這件事時間不急迫，沒必要馬上溝通。所以我只能想到第三種可能性：語音和文字的紀錄區別。

無論如何，我得到一個非常明確的人物，姓名、職業、工作地點全包。我想他就是我在薪傳醫院對面喝了一碗半鱸魚湯的理由。有個明確的銷售任務，我銘感五內。

讓客戶覺得是自己找到答案

梅勝霜應該想不到我會這麼努力給她辦事。但我只是基於調查都做了，幹嘛不順便把工時變成工作成果的心態。我本來就還有在深傳媒繼續寫人物專題，隔週週會，提出以薪傳醫院雙和院區的婦產科主任韓凜為下一期的人物專訪。由於是領域專家，深傳媒的人物專欄又沒有寫過類似職業，而且婦產科的確是不少讀者可能想進一步理解的領域，先進的機械手臂手術更是非常合適介紹給讀者的知識，馬上就被通過了。我職涯中最順利的一次提案居然是拜梅勝霜所賜，歪打正著。

——————

不是學霸的名醫

專訪達文西刀王 韓凜

「第一賣冰，第二做醫生。」這句俗諺從上個世紀在台灣流行，說明醫生是職業首選，這現象由來已久。在中國新移入台灣的外省族群占據軍公教等社會地位高且穩固的職業的年代，本土菁英能獲得的最高社經地位的普遍職業選擇，始終是醫生。幾十年來，理組高中生的第一志願，也是鐵打的醫學系。為醫學系而重考的考生，甚至是補習班裡唯一能抬頭挺胸的考生類別。激烈競爭底下，醫生幾乎等於學霸專屬的職業類別。

韓凜卻不是傳統印象中的好學生。雖然學業成績不壞，但離第一名有一段差距。在學時唯一拿過的第一名，是中學生美展的水墨畫組。他表示：「我就是手感很好，掌握濃淡輕重都不太會失手。」這種操作型天分，在以學業成績為唯一評分標準的考試制度下，毫無用武之地，他卻意外考上醫學系。

「我聯考那時候可能猜題運氣太好了，考起來就很順，考出來的都有複習過。」

他接著說：「但是進醫學系以後，發現同學都是怪物，而且讀書還都很認真。那時候我想：我完蛋了。」他在大學的日子每天都像是為聯考當日的好運贖罪一樣，要比天資更聰穎的同學付出更多努力才能畢業。這樣的辛苦持續了五年，直到韓凜進入醫院實習。

「我們 clerk 要在醫院先當一整年的大型路障，什麼都不懂，只會擋路。除了晨會要學每天醫師怎麼工作，我們平時連器材都不能碰，碰了就是搗亂，會害真正在工作的人不順手。」他說的時候帶笑，因為那已經是三十年以上的往事。他雖然不是學術文章讀得最多、開會反應最快的人，卻是所有實習生、護理師、醫生眼中的秀才。「我一開始就是結打得特別好。」外科醫生往往需要用極細的絲線打結，而且只能用上一兩隻手指來打結，甚至只有非常窄小的手術開口可供操作。平時用粗繩能輕鬆打好的繩結，在外科情境裡，都要從頭來過。韓凜無疑是實習生中的佼佼者，創口縫合的純熟度，甚至很快就超越了第二年以上，有刀房經驗的住院醫師。

「我們那時候還在每個月換一科來實習，我有機會進刀房的時候就覺得很讚。」講到興奮處，好像自己還是那個被學長允許跟刀的實習生。在一整屆優秀的住院醫師當中，他是第一個被叫去縫合病患創口的人，也是第一個被允許在手術檯上主刀、開簡單割闌尾手術的第一年住院醫師，其他人都到第三年才有機會主刀。不久後，手感靈敏的韓凜，就成為許多科別延攬的住院醫師，尤其是各種外科。從胸腔外科、神經外科、一般外科，甚至骨科，都覺得有個能在刀房派上用場的人力是個有效投資。他卻選了婦產科。

「生、老、病、死，這四種事情都在醫院發生。只有婦產科是常常有機會對病患說恭喜的科別。」誠然，所有的科別都有機會在病患痊癒後說聲恭喜，但婦產科卻是求診時就有機會報喜的唯一科別。基於這麼簡單的理由，一路懸壺濟世，至今和同事李湘儐兩人，是薪傳醫院婦產科的兩大台柱。李湘儐江湖人稱產王，接生過的嬰兒總數，迄今是全國最高紀錄。而韓凜人稱婦產科的刀王，開過的檯數也是全國之冠。刀王與產王兩位，撐起薪傳醫院的婦產科，目前仍是雙和市婦女求診首選，甚至在全國立志投入婦產科的醫學生之間，也是申請實習的第一志願。

沒有考上聯招第一志願，卻把工作的單位經營成第一志願。韓凜這位沒有當過學霸的刀王，還不只是開過的刀多、經驗豐富。在外科這麼講究手感跟技藝的工作環境，把傳統技能發展到高點之後，他成為第一個擁抱新科技的主治醫師，毫不拘於自己已經成為業界強者的能力。薪傳院方編列預算購入達文西機器手臂之前，韓凜就自費出國參與課程，學習全新的手術世界。

「你知道打架跟打魂斗羅的差別嗎？」他問我。「打架是卯下去，魂斗羅是上上下下左右左右ＢＡ。」韓凜表示，雖然機器人在設計上盡量貼近傳統外科手術的使用經驗，但是術式不一樣，就完全沒辦法用同一套經驗直接操作。「做機器人的公司還會自己花錢，讓訓練師去教外科醫生用新工具。」操作手術機器人的能力，不是憑理解就能運用知識，而是精密的操作技術，需要長期、大量練習。

「目前全台灣開過達文西手術檯數最多的紀錄保持人還是我。」韓凜自豪地說。「而且還開得比別人快。」講這句話的時候，韓凜浮出掩不住的自豪。他表示，不只是院內同僚，其實全台灣、甚至世界上多數外科醫生，都會從拿起手術刀的那一刻就開始計時，因為外科的特性就是要俐落果斷。技術純熟、完工迅速的醫生，也能減少過程中的併發症，甚至能降低病患身體負擔。外科醫生一方面跟自己比賽、二方面跟其他同樣的手術比賽，菁英外科醫生的生活就是這麼樸實無華且枯燥。

——————

人物專訪出版後，紙本雜誌跟網站點閱的反應都挺好的。我順勢聯絡了半生不熟、拿過名片、碰過兩次面的電視台記者同行，表明自己是專訪韓醫師的記者。以達文西技術權威、婦科聖手的頭銜，推薦當紅的談話性節目《醫學黎明》邀請他上電視。我跟韓凜醫師談過好幾次，知道他是願意在媒體上露面，而且口才不錯的專業人士。電視台最喜歡這種來賓了，甚至還是個帥大叔。

梅勝霜愛死我寫的報導了。「超像商業雜誌上的勵志人物誌欸！」

「有個模板，也不是很難。」我的工作就是給深傳媒的人物組供稿，如果我連這點工作都搞不定，已經被總編從十八樓打開窗戶丟出去了。梅勝霜找我不也因為我專門寫人物誌嗎？

「跟我講你怎麼成交的，細節、細節！」她這種口吻，就是真的想知道。

「所以你是把韓凜賣給醫學黎明，值不到兩倍，只能算你一點八。」

「妳的話會怎麼賣？」

「你的賣法是把韓凜賣給醫學黎明對不對？你跟兩邊講好，然後牽線。中間用媒體推韓凜的做法很不錯，有效。但是不會馬上提升成交率。你有沒有想過，把醫學黎明賣給韓凜，還讓韓凜自己去搞到上節目露臉的機會？」

我還真沒想過。

「如果你沒有在深傳媒寫稿，沒有韓凜那篇專訪，你要怎麼成交？」

「妳又要怎麼成交？」我當然是用我擅長的做法，沒想過不擅長的。

「我的話，就先去找韓凜看病，告訴他：他又專業又帥，應該要上醫學黎明這種節目來教育我們無知老百姓。」她眼睛帶笑，鼻子嘴巴卻沒有：「然後去醫學黎明的觀眾留言板上問婦科問題，要問難一點，一般觀眾不會知道，但可以理解的病。」

「然後？」

「然後下次回診就問韓凜那個問題，把他回答的內容錄下來，上傳到原來的問題討論區，表示韓醫生救了我的命。」她停下來喝口水，以便強調：「最重要的是，告訴韓凜我要幹這件事。讓他知道去哪個網站、哪個頁面、哪條留言可以找到自己。」

她望進我的眼睛，我趕緊闔上嘴，以免顯出表情痴呆。

「接下來你要怎麼成交？」她反問。

「把韓凜的聯絡資訊給醫學黎明？」

「把醫學黎明的聯絡資訊給韓凜！」

我每次都這樣，失之毫釐，差之千里。「為什麼不兩邊都給？」

「薪傳醫院的韓凜醫師，聯絡資訊都是公開的。」她一笑。「人不想做的事，你放到他鼻子下，他也不會拿起來；人想做的事，就算隔十萬八千里，他也要做到。」

「妳本來就認識韓凜嗎？」

「沒啊，不認識、沒見過。」

「為什麼要我賣韓凜？」

「練習題就要找簡單的。一個當主任沒多久就做副院長的人，怎麼可能對權力沒有興趣。你找出他的深層需求就簡單，幫他製造一個成交時機也容易。」

「是因為小護士在鱸魚湯店抱怨他嗎？」

「不然我是要怎麼知道韓副院長派頭大？」

「也對，派頭大的人，總會想讓派頭更大。」

「重要。」梅勝霜抓住我的重點。「只有本人有意願，才會順利執行。」

「嗯？不然咧？逼良為娼？」

「有把選項放到人家鼻子下，算有學到。但是電視台那邊，磨磨蹭蹭，失敗率就會提升。真正有效的部分，是用深傳媒這種知名媒體發一期韓凜專輯，讓電視台願意買單。就是這點讓你值一點八倍代筆費。」她搖搖頭說：「可惜，如果能做到讓韓凜主動去找醫學黎明，人家也正好要他，成交體驗佳，你就直接達標：兩倍。」

我他媽是要怎麼讓一個電視台和一個醫生剛好在同一秒看對眼？

無法否認，我調查韓凜遠多過研究醫學黎明。韓凜賺得滿多，因為外科手術仍是醫院最賺錢的項目之一，而且薪傳可是私人醫院，自費項目沒有收費上限。明明韓凜已經有又新又漂亮的大房子，短期內不像是會再買豪宅，但梅勝霜賣的東西本就遠不止豪宅。

韓凜身邊優秀的同事還很多，畢竟薪傳醫院的婦產科可以說是全國最強。韓凜是國內達文西手術檯數紀錄保持人，他同事李湘儐則是接生過最多台灣人的醫師，另一位同事湯醫師也在業內最重要醫學期刊《*American Journal of Obstetrics and Gynecology*》發過最多篇文章，是研究大戶。我只是想不通，梅勝霜幹嘛選韓凜？成就比他高、賺得比他多，住得離她更近的醫生還有很多。

把韓醫師塞進醫學黎明後不久，就看到韓醫師出來開記者會，澄清手術成功，但患者沒有遵循醫囑休養生息，反而報復性加班，才是術後身亡的原因。我才發現，韓醫師是個弱點很鮮明的人：他的手術成功率看似很高，但隱藏的醫療糾紛比例也高於平均。如果韓醫師沒了，受損的除了病患跟家屬，達文西手術機器人在台灣這個市場的推廣可能會慢一點。但這些跟 Alison 比起來，都是小範圍折損。

Alison 是上過《時代》雜誌的女人，兩次，而且兩次是不同的成就和影響力。一般人一輩子能幹出一番事業，成為值得全球矚目的焦點，已經是驚天之能，Alison 的職涯轉向卻能成功到再創新局。韓瀼跟她比，大約是明蝦和帝王蟹的差距：明蝦在碗裡是主菜、在鼎內是配菜；帝王蟹有沒有容器都是主菜。

Alison 第一次登上《時代》，標題下的是：產程女王。她的副標是：晶片貧窮終結者。生在晶片之島的台灣人沒有切身感，住在富裕國家的人也不著急，但是在資源稍微貧乏一點的地區，晶片這種高單價的生產工具，不是每個企業都買得起。偏偏計算力的有無和高低，決定電子產品的世代差異。這個檻跨不過，資本的鴻溝就會孕育出競爭力的鴻溝，差距以世代計。Alison 主導下的半導體產業整合，跨過了量產成本和技術研發成本的競爭陷阱，讓台灣的次要晶片製造商，為世界提供價廉物美的計算力。多麼驚人的成就？上次以ＸＸ貧窮終結者身分登上同等報導篇幅的事件，是月經貧窮終結者在印度的故事。

Alison 第二次登上《時代》，是以十位新世代女性領袖進榜。打造出整個產業生態系的協作模式後，Alison 接受政府延攬，進入內政部主導產業輔導計劃，而不是留在產業內，為下一波升級鋪路。總之 Alison 進入政府體制，再一次做到風生水起。這就是頂尖人才的實力，到哪裡都能創造極高的價值。但只是創造價值，也不會成為報導的焦點，必須要有代表性的實績。

高科技製造業的整合固然美妙，但其他產業實在不見得能套用。雖然民眾和媒體對 Alison 在半導體產業的驚人成績和國際高知名度寄予厚望，但見多了業界人士入閣顧問的局處事務官們只是冷眼以對，信心有限。體制太深，不懂體制的人，沒有辦法改變體制。

Alison 沒有如同民間期待或媒體報導預測那樣，大刀闊斧改革政府的產業政策，從補助制度到法規一次徹查。她從單一產業入手，而且是占全國產值不到 3% 的產業：娛樂，與她專精的製造業相去甚遠。她的起手式也不是由上往下，而是讓銀行給出所有內容產業的商務借貸往來統計，以了解市場金流的實況。在所有人都以為政府要介入內容產業，一定又是開補助金項目來徵件，跟舊政策只差在審核標準的時候，Alison 卻單做一件事：降低金流困難。看似簡單，實則比什麼都難。內容產業，從書籍漫畫文本，到動漫影視衍生，還有音樂設計版權規範和遊戲行銷，都脫不開金流，跟所有產業都差不多。關竅在：創作初、中期的未上架商品，往往不在合約保護內，也缺乏經濟支援。即便有公司法人的開發計劃，所有的影視作品，甚至音樂行銷，也注定在以小搏大的規格中，試圖在有限預算下找出投資方。Alison 導出一個明晰的法案：內容產業的金融借貸，依照計劃自備資本比例，利率固定。而這份固定利率，由政府保證，略低於其他商業借貸。

最重要的是，貸款沒有專款專用的限制。一開始，輿論都瘋狂批評，這樣的政策一定會造成財團洗錢，流向也不會導入真正的產業裡。但 Alison 想解決的問題從來不是提升政府監管，而是讓更多金錢流過內容產業，灌注活水。銀行有基本的監控功能：準備顯然不足，也沒有市場企劃的案子絕對不會貸出，畢竟銀行也要避免自己的壞帳。至於銀行行員不能理解的藝術品味，在私募的市場上如果能說服金主，讓金主成立專案為它貸款，就算金主只是想用低於市價的利率獲取現金，移作他用，依照規定，金主也必須掏出真金白銀投進案子裡一整年，金流自然流過。

與此同時，成功貸款的企劃，從提案資料到結案報告，還有最重要的資本運用比例，一律公開在開放平台，讓市場中想開發的人都有對應參考。一方面疏通金流、二方面公開資訊，打破產業閉門造車的特性，競爭可以更理性。連我們小小的出版業都有受惠，版權售出的數量顯著提升，這就是產業動起來的感覺。

看似與娛樂文化內容毫不相關的產業政策，養出了產業的競合生態。雖然政策跟當年整合半導體產業合作的內容不同，但方向出奇一致：建立資訊交換平台，達成資訊透明，減少因為無知而造成的浪費。同時打造讓大企業的金流容易定期交付給小承包商的體系，讓穩定產程成為共利。Alison 以實績證明自己是整合天才，而且足以應付複雜的市場。

在一系列台灣娛樂產業成功輸出的政績表現下，Alison 被第三勢力邀請擔任黨主席，目標：政黨重整。她又做到了，而且做得比有政治經驗的老鳥還徹底，甚至贏了期中選舉，在地方首長版圖拿到這個政黨前所未有的成績。在所有人都以為政黨改革不脫清廉有效率的時候，Alison 清算了所有黨內政治人物的媒體聲量，同時對照出每個檯面上政治人物最主要的好評跟惡評，限期改進。

這個前一次選舉被兩大黨打趴在地、顆粒無收的新政黨，居然能在兩年後的地方選舉贏下一席市長。雖說政治的變因實在龐雜，但新任黨主席的措施極為直接有效，在黨員心中留下極深的好感。渴求政治明星的時代，投身政治之前就已經是明星的 Alison，順理成章，通過黨內初選，成為政黨推薦的總統候選人。贏得黨內初選後，浩浩蕩蕩以國會第三大黨推薦總統候選人之姿，付了一千五百萬保證金、登記參選總統。然後她就死掉了。

Alison 死的那天，我衷心希望全國降半旗致哀，她是唯一應該當總統的人，只是選舉日趕不上她的死期而已。不單是我，全國的民調都這樣顯示。在絕大多數的社會，人民期待一個跟長期執政者完全相反的人物，都有點絕地求生、物極必反的意味。但Alison完全不是這樣，她不是絕望社會的寄託，而是在政治之前就有實績的領袖。她甚至提出了完整的政府改革方案和時程表，公開表示歡迎其他當選人拿去用。如果喬丹是上帝派來教人類怎麼打籃球的，Alison就是上帝派來教人類怎麼營運社會的。上帝抽手太早，我受不了。

攸關國家領導人選舉延期，需要驗屍了解死因。Alison死於術後骨盆腔感染，且子宮癒合不良，有內出血。主刀醫生是韓凜。

* * *

以記者的名義，我探詢了聖芳濟醫院婦產科的王醫師，原來人家的副專科是影像醫學，而且比薪傳婦產科的醫師更專業，只是醫院小，不出名。梅勝霜帶電腦斷層去給王醫師看，顯然也是做過功課，知道那張片子最適合的判讀者是王醫師。

「抱歉，我上個月陪求診的梅勝霜小姐一起來，她今天突然不舒服沒辦法來。我只是想請問那張CT的判讀，最接近的可能性是不是平滑肌惡性肉瘤？」

「我看應該是有可能啦，而且那個很大塊了，你要勸梅小姐的家人早點去割。」

「這種病的手術風險多高？」

「這樣子說，這種瘤，一般醫生可能會建議用腹腔鏡或者達文西機器人。微創是很吸引人，恢復期又短。但是惡性肉瘤就是cancer，你就不要讓它碰到其他組織，要切乾淨。我只建議用傳統術式，肚子打開才看得清楚。如果是不好的東西，整個子宮就拿掉，陰道順便做薦骨固定就好。一次解決，不要多開一次刀。多開問題多，誰知道她體質會不會沾黏？這很看個人體質。」

王醫師一次給的資訊量太大，我想吐血。我非常、非常努力透過以前跑社會線的同事去找到驗屍報告，裡頭有解剖照片。雖然我什麼都不懂，但是子宮壁上那塊特別深色的肉，在形狀、尺寸，以及照片構圖，都跟我陪梅勝霜去醫院仙人跳當天看到的電腦斷層照片非常接近。

「這個跟梅小姐的CT是不是同一種問題？」

王醫師非常仔細對照他病歷裡留存的影像，問：「這不是同一個人嗎？」

我決定點頭。

「梅小姐走了？」

我快速點頭，眼淚落得比點頭速度快太多。

「節哀。我那時候應該要堅持你們在這裡開刀的。」王醫師停了一下，指著照片裡一塊有糜爛感的子宮壁：「這看起來還沒擴散，整個子宮割掉都救得回來。」他拍拍我，把話說完：「但是如果不打開，就算腹腔鏡有看到內側，也不知道整個肉瘤有多大，一次切不乾淨，反而會感染周圍健康細胞。」

「那時候是做達文西。」

「怎麼會做達文西？」王醫師一愣。「鏡頭進去裡面看應該要看得出來，就算看不出來，病理切片一定會知道。」

「什麼是病理切片？」

「就是拿一塊組織去顯微鏡下看，通常手術中也可以請病理那邊做快速冷凍切片，三十分鐘就有結果。這種組織做切片一定看得出來。看出來就可以換術式來治療，該切的就切一切，手術不會很難，術後存活率也滿高的。」

「什麼是術式？」

「就是手術從哪裡進去的問題。傳統上是肚子打開，像剖腹產那樣。腹腔鏡也可以，肚皮開個小洞伸進去。如果選用達文西可以微創，從陰道進去就好。但是達文西能做的不多，不確定裡面有什麼的時候，我通常建議打開來看清楚。」

我把王醫師重點劃在：達文西能做的不多。

「她是術後骨盆腔感染走的。」

「怎麼會？現在已經很少有這種問題了。她在哪一家開？」

「薪傳。」

王醫師沉默了兩句話那麼久的時間。「給韓凜做達文西？」

「對。韓醫師的技術很出名。」

「開刀是開刀，診斷是診斷。」王醫師臉色變得很差。「他們家湯醫師才是會診斷的，韓凜只會開刀。」

我此前沒有想過診斷跟治療之間的落差。世人大概都一樣，「名醫」擺明了是領域權威，就一切信靠，連自己的身體都放心交托。

「現在很少有骨盆腔感染這種問題，那以前為什麼比較常有？」

「會感染都是無菌觀念不好，人的問題。規定會愈改愈詳盡嘛。我覺得術後感染這種事都是人搞出來的。只要病人沒有菌血症，這種問題都不應該發生。」

我恨我自己。如果說是誰讓韓凜變成名醫，最重要的推手就是我。我動用媒體的力量，還一次搭上兩個主流媒體，把韓凜推為全台灣最知名婦科權威。如果韓凜沒有媒體加持，Alison 就沒有理由特地去遠在雙和市的薪傳醫院就醫。雙和市是我這種住不起首都圈的人，才會選擇的通勤據點，最好的醫療資源通常都在首都內。

這件事是梅勝霜為了考驗我有幾成的銷售功力，還是梅勝霜自己特地想對韓凜做點什麼，不得而知。人生有時候就是陰錯陽差，你明明努力做了好事卻導致很壞的結果，像幫安東尼弄到貸款來圓夢也算。這樣一想，楊立功成功懷上雙胞胎男嬰，也是大喜落得大悲。讓韓凜成為名醫本來也沒什麼，但剛好就在 Alison 需要求診的時候，全台灣最有名的婦科醫生正是韓凜。他卻失手了，絕對不是故意，否則他就不會還特地提到自己要幫重要人物開達文西手術，他還想藉機破自己的手術時間紀錄，信心滿滿。

從聖芳濟醫院出來，我心裡從沒那麼亂過。就算被三巴抵制到沒有任何媒體敢用我的那時候，也只是掞怨，不敵此刻如無頭蒼蠅的上竄下跳、焦慮破表。韓凜跟 Alison，這兩個人之所以搭上線，不就是我？不就是梅勝霜？

♣行動目標：自己得出結論，就很難推翻

日落、天黑。湖岸、橋下的光瞬間亮起，我才從自己腦子裡被驚醒，發現自己從聖芳濟醫院一路走到大湖公園，錦帶橋的半月彎被燈光照得比天上的月彎還亮。我在橋洞正對面的斜十五度角，完美角度，既能看見水上橋、水底橋，橋洞的半片月鉤連上水面的半片月鉤，剛好是一整弧月彎。我盯著波色月彎：夜色濃成墨暈之後，整片夜景就是黑底鑲白月。有個絕美的視覺焦點，把我從焦慮的內在抽出到沉靜如水的外在。我在湖畔坐下，待了一晚上。原來滅絕干擾的純黑書房和平靜凝斂的蛋室之外，光是注視一個純粹強烈的外在焦點，也能讓我放下內在干擾，收心觀照外在事實。

事實是：梅勝霜建議我讓韓凜上節目、我讓韓凜上節目、韓凜成為 Alison 的主治醫師、韓凜手術後 Alison 感染死亡。

事實是：梅勝霜持有 Alison 的病灶顯影、梅勝霜知道 Alison 有疾病、Alison 知道自己有疾病且求醫。

把人對人的執念和意圖剔開，只關注事實，我也能用無罪推定來證明自己清白。

大湖公園畢竟是公園，人來人往。我在橋洞的斜十五度外湖畔，看見斜二十五度的湖岸邊，有人提了一整籃蠕動的東西，要扔進水裡。那東西會爬！進了水之後又逆行上岸。

提籃的人對扔東西的人說：「你看牠們有知恩圖報之心，都被放生了還回頭來找我們，畜生也懂得感恩，人都不如！」

「那是陸龜！牠們不會游泳，下了水會溺死，當然要爬上岸！」我隔空對那兩個白痴大喊。

那些爬回岸上的東西四腳寬寬，殼又是高圓拱狀，跟扁平的水生烏龜根本不是同一類生物，我光看剪影都知道他們不是在放生，是在殺生。如果只是把雜食的外來種巴西紅耳龜隨便放生，我都不見得會大吼，但是小陸龜奮力求生，他們還硬把陸龜推回湖水裡淹溺，殺生現場實在太殘忍愚昧了。無知成這樣，好心做壞事。

好心做壞事的人不會有自知之明，才更可怕。很少人有機會理解自己有多無知，幸好我有。我採訪過的一千人眾，有些就是付錢讓我好好寫一本書出來讓他打個人品牌，我為了拚出一本書，研究過加密貨幣跟零日攻擊，還有室內裝修跟製作模型。好吧，製作模型我沒有自行摸索，都是《世界模型之都の職人》那本書的案主灌輸給我的，他是真正的專家、業界一流，我完全不需要自己研究什麼，只要盡力理解他講的話，同時把書控制在三百五十頁之內就好。採訪前，我對模型的認知只到紅色玩具車和鋼彈；採訪後，我學到聚丙烯、各種烯，還有這些樹脂塑膠射出材料的對應剪力，在模型設計時要怎麼抓厚度，消費者才容易取下零件。本以為要寫給讀者用什麼膠來黏公仔最好用，結果職人直出模型的模具設計法，附贈。這種連自己不知道什麼都不知道的落差，讓我體驗到幾次自己的無知程度。梅勝霜也算這類案主，隨時讓我暴露自己的無知。

模型職人在物理學、材料科學、設計上都專業到嚇人，但一起吃拉麵的時候，他是個連胸口領前的衣服都無法維持乾淨的人。採訪過程中被他打翻的飲料超過十八杯，後來我們都用有蓋水壺來裝咖啡。很難想像，這種工作精度特別高的職人，在日常生活中手拙得像個四歲男孩。

如果沒寫過《世界模型之都の職人》這本書，我已經開始恨梅勝霜了，也恨自己。從後果回推責任最符合直覺，那兩個放生即殺生的蠢蛋，無論如何都是殺龜未遂。把韓凜放到 Alison 鼻子下面的我、推我去媒合韓凜的梅勝霜，還有明明醫術不精還硬要接客的韓凜，都是 Alison 之死的罪人。但我們豈會希望手術失敗？

手術失敗，韓凜賠上自己的聲譽，他才不想這樣，他想要的就是手術大成功，順便破手術時間紀錄。他有一點名人體質，除了喜歡上節目露臉，在外科醫師紛紛上傳自己手術過程的平台裡，他也有好幾部點閱率超高的明星級影片，既快又準。誰知道他診斷功力不如手術實力？他這種人，豈不想把自己的短處藏得好好？

我的話，要我在我自己跟 Alison 之間二選一，兩個只能活一個，我可能會讓 Alison 存活。Alison 是我唯一願意為她去死的女人。我的生活沒什麼了不起，也不怎麼愉快；但 Alison，她就是一道光，希望之光。台灣的政客夠多了，但國家需要的是領袖。眼看她就要走上台去，我無論如何想推一把。理想上是貼身採訪，寫一本她的傳記，如果我去死能換得她活下來，改變這個國家，也行。

至於梅勝霜，我不確定。事實是：她知道 Alison 有病，也敦促我去撮合韓凜跟醫學黎明。可我有個感覺：她只是個銷售版的模型職人。去日本靜岡工作了六年的模型職人，除了模型實力超群，其他基本生活能力都有點低下。梅勝霜的銷售力無庸置疑，客戶管理能力看來也很頂尖，甚至家裡看起來都超厲害，但她不管是喝水吃飯，都常常嗆到，或者胃食道逆流到吐翻天。她活了幾十年，留了那麼久的長頭髮，還是常常吹不到全乾。用我姊的說法：再老一點就知道頭風的厲害。家裡可以靠設計師跟打掃阿姨，光是看她不成比例的小廚房我也該知道，此人大概不怎麼做飯給自己吃。但她興奮無比追問我怎麼讓韓凜跟醫學黎明成交的時刻，我理解到：她就是非常喜歡銷售，一遇上銷售就熱切想鑽進去。她跟模型職人的區別可能只是人各有宅，這兩位案主如果要聊模型與銷售，至少能從日出聊到日落。

如果不是為了賣她東西來了解她本人，我可能把她跟楊立功一起歸類成女強人案主，認定她們就是聰明敏銳又執行力強大，有志竟成。但楊立功畢竟也死了，絕非出於本意。梅勝霜在銷售上所向披靡，但細數那些她用心經營的客戶，也有很多非出於她本意的失敗。光是採花廛就有五位業主入獄，她努力談到購屋貸款的安東尼還跳樓。羅寒單之死雖然有她在背後做軍師，讓候選人在宗教盛事上搏一點版面，但俞力行是否希望致他老闆於死地？還是只是想證明自己在艱困壓力下比菜鳥有用得多？他終究是計劃裡的不可控因素。至於韓凜，我都調查過他一輪了，還是覺得此人是外科聖手，親自推薦給醫學黎明。要由我來推薦醫生給 Alison，我查完資料也可能會推薦韓凜。梅勝霜在不是銷售的服務上，終究失手了。

若不是我親自摻和到這次失手裡頭，體驗了一把人生最痛悔的失敗，光憑梅勝霜牽起韓凜跟 Alison 的醫病橋梁，就足以認定她意圖謀殺 Alison。如果有人從外在看我的行為，我就是幫凶。但意圖終究只是人的推測。

我甚至都不是為了一點八倍的稿酬，才去完成這項附加賭約，我就想試試看，試試我從梅勝霜那裡學到的幾項心法有沒有實戰力。我寧願沒有。而韓凜的手術後遺症導致 Alison 感染而死，對梅勝霜也沒有任何益處，除非韓凜曾經對她始亂終棄或者 Alison 是她殺父仇人之類的，但顯然不是。Alison 跟梅勝霜住在同一個國家的時間都沒幾年。利益關係不符，沒有動機，就不能推斷出不存在事實裡的意圖。

想到這裡，我望著橋底水月，鬆了一口氣。不確定是知道了自己不是幫凶，還是梅勝霜沒有加害意圖，兩件事哪一個更讓人放心。總之今晚應該終於能安睡。

從大湖公園穿過整個首都圈，回到我雙和市邊陲的小套房。擋在睡眠跟我之間的，除了窗外的強力水銀路燈跟我破孔的遮光窗簾，還有從巷口便利商店撿回家的綠玻璃瓶

18天台啤和香辣滷雞胗。喝完台啤跟吃完雞胗的時間裡，轉一整天的腦子還停不下來。如果我腦子轉快一點，或嘴裡雞胗嚼久一點，吃飽喝足之後剛好能躺平，還是有機會睡個好覺。酒喝慢一點根本做不到，放到退冰太不尊重啤酒了，看樣子唯一解是腦子動快一點。

就算能放下，不對我跟梅勝霜究責，也放不下 Alison 的死。Alison 是唯一不付錢叫我代筆，我也會自發全面研究的人物。我對她的了解逼近前案主楊立功，如果沒有楊立功，我無論如何都不會想到死於醫療過程的病患，死因跟自己的決策有關。楊立功令人尊敬，但正是她最令人尊敬的特質，導致自己跨入險境。令人景仰的 Alison 都怎麼對待自己？

Alison Fan Jiang，范姜麗雲，放棄美國國籍，選擇中華民國國籍。應該是為了參政，但其實她毫無參政必要，業界對高業績經理人的需求根本不會放過她。Alison 為何要放棄商業、放棄美國籍，在台灣參政？我以為楊立功已經是天龍人中的龍眼珠，我連龍眼珠都理解了，什麼層級的人我沒辦法一一拆解？但 Alison 是雙龍搶珠搶的那顆珠，她是太陽。

站在地球表面，我一向只把太陽當成光。選民只問：她能給我什麼好處？選民沒想過：這個政治人物為什麼要為我服務？我只好自問：參政對 Alison 有什麼好處？

無論有什麼好處，大概都不像我所訪問過的那一狗票政治人物。他們裡頭也有比較好的，但全都難免為自己的政黨、派系、利益團體，或至少意識形態，做一堆狗屁倒灶的事。給他們的最高評價就是「瑕不掩瑜」。Alison 卻從還在科技業的年代，就是以跨界合作增強彼此競爭力的聖手。沒有比她更會打團體戰的人，也沒有人不希望有她做隊友，或隊長。說她「身上閃耀著人性光輝」有點薄弱，她比較像是勝利女神，帶大家衝破難關、贏得勝利。

Alison 手術當天沒有排任何需要公開露面的行程，但是晚上有內部會議，她線上參與。手術隔天，她就排了傍晚與來訪的菲律賓議員非正式會談。術後第二天有中小企業餐會，她要站著發表一場短講。術後第三天，她本應該出席自己政黨的選務會議，但急性敗血症一發，一切都來不及。

我相信去做子宮肌瘤手術的她，是想搞定這件事，繼續往前衝。前政治線記者從在野黨取得 Alison 生前的行程表一點都不難。她真的沒有時間。只要她決心如期參與所有排定行程，她就只會在這個最早的時間點、選定最知名的婦科手術名醫、用恢復期最短的微創手術來解決肌瘤問題。

除了二十三號週四的早上第一刀用達文西開子宮肌瘤微創手術，她沒有別的選擇。有限的時間和術式選擇底下，韓凜的確是顯然適合的主治醫師。醫學黎明雖然是老節目了，官股電視頻道卻是 Alison 整頓內容產業時，重要的業績指標。韓凜在節目上，表現可圈可點。只要韓凜上了這檔節目，就會被送到 Alison 鼻子底下。我一手促成，還不知道自己闖下什麼禍。

只要不那麼拚命，給自己兩三天術後恢復期，Alison 大概就不會像楊立功一樣，以為自己進醫院一下就可以馬上出來繼續工作。然後她們都死了。但我也明白，就算有人勸楊立功或 Alison 不要做出這麼緊逼自己身體的決定，她們也只會笑笑表示撐一下就過去了，以台灣的醫療水準而言，失敗率她願意忽略不計。從她過往的產業策略看來，那是她願意承擔的風險。

「期貨短期內都不是理性市場。」出自我五年前代筆的書《投資達人教你買買買》。明明大盤在漲的時候，定期定額買指數比研究個股更省力，也低風險，甚至通常比投資個股更賺錢。但是能克制不去證明自己選股功力高強的散戶，出乎意料地少。如果我要讓安東尼投入風險市場，我就會讓他感到有機會證明自己的聰明才智能勝過大盤，例如收到他認為可靠的內線交易資訊，應該就能讓他奮不顧身，借信貸跳進債務。他可能沒注意到，債務到期的時間剛好在巴望傳媒收購前，這是完全能計算的時間點。以安東尼這種決心證明自己的人，一旦有能證明自己的機會，不跳坑嗎？我這種自恃聰明的小人物，都輕易被雙倍稿酬拉進證明自己實力的賭局裡了。

這些人，從 Alison 到楊立功、從羅寒單到安東尼，明明有躺著就可以爽爽過的人生，卻都在努力往前衝的關卡上墜落，沒有跳過最後一關的懸崖裂谷。梅勝霜與這些人的死亡異常緊密，我本來心存疑慮，其實再簡單不過：銷售女王的客戶群，本就是頂級成功人士裡頭，想再進階的那些人。她大部分的客戶都好端端在探花廛、一品閣、美墅汐這些頂級豪宅裡活著，只是死去的這幾位剛好我很重視，大腦難免盡力想找出關聯。就像活在台灣，很難完全不跟三巴集團扯不上關係一樣，梅勝霜的工作就是會認識一堆上進的巨富，他們一旦死亡，必然牽涉重大，成為社會震撼彈。梅勝霜剛好跟 Alison，甚至其他客戶的死緊密相關，是採樣問題。想到這裡，我才真正鬆了口氣。

台啤已經見底，雞胗還剩三塊，差不多能洗洗睡。所有人在浴室都會冒出一些新的靈感，浴室就是每個人每天十分鐘的蛋室。我洗腳趾縫的時候想起一件事：所有的大財團都不會只押寶兩大黨之間的一方，都是雙面交好。不管誰主政，財團都能持續發揮影響力。

Alison 代表的政黨是第三勢力，而且是真的用公開透明來達成績效的第三勢力。水清無魚。程遠無眠。

＊　＊　＊

「寫成初稿之前，妳要先看過章節大綱嗎？」

「你印出來帶給我看吧。」

這的確是案主可以要求我提供的服務。尤其我正在爭取兩倍代筆費，更會完成所有案主需求。可我這樣問，只是想見梅勝霜一面。

章節大綱比初稿粗略得多，就五頁。我背包帶上只含五張紙的文件夾上山，居然兩手空空，這趟難得沒叫我跑任何腿。

「來啦？來這邊坐。」她站在視聽室喊我過去，往深紅皮沙發正中坐。

平日我們對談的落地窗邊，桌上攤蓋一本《羅傑．艾克洛命案》，淺綠馬克杯上寫Do Not Disturb，小木桌面已滿。最重要的是，平時她受訪時坐的木質扶手椅不在。今天顯然沒打開受訪模式，她身上穿的既不是睡衣，也不是出門的打扮，可以算是居家服，但更像是出門倒垃圾時候的扮相：舒服、方便，以有遮住身體為主。

「我在調音響，你也坐下來聽。」梅勝霜按下牆上一顆圓鈕，整間房子燈一滅。同時，深紅皮沙發後方的天花板，電動捲簾刷刷而下，把視聽室隔成一個半封閉空間。隨之而起的是沙發椅腳的黃色燈條，照出地面位置，簡直飛機走道。

我收斂驚訝窘態的過程，整面落地窗從下午陽光的亮澄，玻璃漸漸轉成霧黑色。頭頂上投影機一亮，投放出電影畫面到整座空間裡唯一的白牆上。我剛好認得，是看到一半的日本導演行定勳作品《紅的告別式》。停格畫面裡眼神深鬱的男子，是以童星之姿得過坎城影帝的柳樂優彌。

「這片不適合試環繞音響，你有沒有推薦的試音片？」她問。

我又沒家庭劇院，在家都用筆電喇叭看。只好選絕不失敗的片：《瘋狂麥斯：憤怒道》。

我仰頭上看，除了細白平整的螢幕牆，兩側的牆面、背後的捲簾，連同天花板，都是同一種消光黑，隱形戰機的那種。天花板卻不平，有一個對稱的弧度，大概是拋物線，我的位置當然在拋物線的輻輳中心，因為音響一打開，音浪就衝著我來。第一次上廁所，只看到牆角兩道嵌入式音箱對準沙發中間，就判斷這個位置是整間視聽室中心，我真是幸運得粗糙。

她找片很快，畫面已經從黑白的《紅的告別式》切換成黃沙裡橙紅的《憤怒道》。沙漠裡卡車載著巨型音響和貝斯手，在我眼前狂飆，同時在腦後從左到右呼嘯而過。重低音箱也把我從皮沙發上的屁股到心臟都砰砰擊打過一輪，結結實實跟湯姆．哈迪一起駛了趟憤怒道。《憤怒道》果然是完美的影音測試片，我們就坐在那裡看完兩小時的電影，始料未及。

「你本來後面就沒事是不是？」她問。

「有要完成的工作，但沒有一定要現在做。」

「那幹嘛不拿稿子給我就閃人？」

「電影也滿不錯的，能用這麼好的環繞音響看很棒。」

「你在這邊多待的時間，回去要趕進度嗎？」

我點頭。

「如果片子不是你選的，你會留下來看完嗎？」

我認真想了一下，搖頭。

梅勝霜已經瀏覽到第五張紙，抬頭說：「只要是自己下的決定，人就很難放棄。」

我知道，而且剛剛才體會到。

「剛剛那句話也可以寫成一章。要嗎？」

「自己下的決定啊……Alison 的手術跟行程也是自己做出來的決定吧？」

我點頭，幾乎要脫口問她 Alison 電腦斷層片子的事。

「謝謝你跑一趟。」她接著說：「Alison 死了，我超難過，整個人都不想動。」

我也是。「我也是。」我不想告訴她，我有多高興聽她說超難過，這代表 Alison 死於韓凜的手術疏失，我沒有遞刀。「我本來也難過到不想動、不想出門，還好有來給妳陪一下。」

「好像星星變成流星掉下來一樣。」

「我是覺得唯一的燭光滅了。」

「好暗。」我們同時說。

離開之前，我和她擁抱了將近一分鐘，很難算出到底是她在安慰我，還是我在安慰她。

「下次我來，就把寫好的草稿全部印出來帶給妳看。」

展示專業，是亙古以來男人隱藏情緒的最佳解。

＊　＊　＊

韓凜這個王八蛋。我早該開始寫草稿，卻滿腦子只想搞清楚：Alison 在手術室出了什麼事？

偷到法醫報告還不夠，我需要知道手術室裡有哪些人看見哪些事。醫院的排班表比在野黨政治人物的行程難拿多了。

在薪傳醫院裡外晃蕩的第三天，短白袍胸前繡藍字的黃泉華撞上我的肩。「Ouch！」我這就令黃醫生必須回頭處理我，沒人想搞醫病糾紛。

「抱歉，我得趕去產房。」黃泉華喊出救人命之咒，同時輕拍我的肩。我只來得及讓他看清楚我的臉。

幸好他抽菸。醫院西出口外的巨大盆栽旁，我跟他借火。抽菸的人是平等的，我們都只是從建築物裡逃出來呼吸的傢伙。

「黃醫生，你是婦產科的嗎？」

他菸頭一亮，算是回答了。

「韓醫生二十三號早上第一刀的子宮肌瘤，其實是平滑肌肉瘤吧？」

他菸頭一亮，前段菸灰墜地。

「你都已經做到總醫師，哪會看不出來？怎麼不阻止韓醫生繼續開下去？」

黃醫師嗆了口菸，咳到沒聽診器都能聽見肺音。

「你誰？」

我遞了深傳媒名片給他。

「如果疏失不在你，但是你應注意卻未注意，也會有連帶責任。及早協助調查，可以改善你的處境。」我等他把菸採熄，接著說：「你是還在學習階段的住院醫師，跟主任的刀，可以算是教學現場。只要主刀醫師在知識上堅持自己是對的，你無法阻止主刀醫師，就算是權力落差下的受害者。」我看著他還年輕的眼睛，告訴他：「但是需要有人幫你順過一遍你的說詞。一般人上法庭第一次講出自己的經歷，陳述難免混雜，一不小心就會自相矛盾。」

醫生就是聰明，聰明到足以聽得懂我說的很明確是法律用語，卻又沒有專業到確定哪種責任歸屬才有刑責。我只要在這時候把善意的幫助放到他鼻子下面就好。

黃醫師值班完，還來不及補眠就約我在薪傳醫院外的漢堡店碰面，黑眼圈好大。

「你確定是 leiomyosarcoma？平滑肌肉瘤？」

黃醫師點頭雖慢，卻毫無遲疑。

「我們都太累了。」黃泉華的開場白配上他紅絲絲的眼白，說服力滿分。「我那天跟今天一樣，前一天值班，本來早上要下班，又進刀房。韓醫師禮拜三沒有值班，但是固定會進棚拍攝。進攝影棚通常就要一整天，當天就算沒刀也沒診，也休息不到。

隔天的刀當然很重要，本來老師要早點結束回去休息，但是病人發作才不會管你醫生有沒有空。禮拜三晚上，老師他一個妊娠糖尿病的病人緊急剖腹。我也想過要不要請老師讓我主刀，但是孕婦血糖高到昏迷，併發症風險高，止血問題也大，又是我老師的病人，他不可能放給我一個人。Alison 當然重要，但是前一個晚上的孕婦是縣議員的媳婦，特別交代要顧好的，這刀老師一定要自己剖。

本來術後我來收尾就好，但是病人血糖高到好像剛剛不是打無痛，像是剛打一管純葡萄糖進去血管一樣，根本不可能自己止血。我跟老師開那檯開好久，到我縫完肚皮，都已經凌晨三點。老師大概也是那時候才能到家睡一下。隔天早上八點早刀，也要先到醫院來準備，不可能睡夠。

理論上肌瘤這麼小的病灶，老師做達文西又超熟，二十分鐘解決也有機會，不會花很多時間。子宮纖維瘤真的是小刀，大概就割闌尾的普通程度，而且病人是特殊身分，反而會擋住院醫師跟刀，所以現場只有老師、我、刀助。我其實不用跟刀，但是當天來的居然不是本來排的二號刀助，是三號。三號的名聲不太好，做事不仔細。是沒有出過什麼大事，但就很多觀念不好，從病患隱私到無菌觀念都有點鬆鬆的，會拿用過的無菌巾擦檯面，也跟病人家屬討論過無關的病歷。總之我就留下來跟刀了。

你說的沒錯，我就是知識還不如老師，所以鏡頭剛帶到組織的影像，我也看不出來那是什麼，但是不是 fibroids，這我還看得出來。老師拿機器人碰到病灶的時候才說：『鬆鬆。』我覺得他那時候就知道一定不是普通纖維瘤，但是不確定是什麼東西。我看他起手，還是想把整個病灶切下來再說。」

「所以韓醫師明明知道不是原本診斷的病，也不改變手術嗎？」

「啾！」黃醫師打了個噴嚏。「我當下不知道那是什麼，我覺得老師也還不確定。你怎麼會知道是平滑肌肉瘤？還有誰知道？」

「我不知道，是其他醫生看電腦斷層看出來的。法醫也是醫生，醫生都會認識醫生。」

「從CT就能看出來滿厲害的。我服了。」黃泉華一口氣喝掉桌上的冰拿鐵，我突然很怕他一整杯吐出來。「我應該要請老師做個切片去給病理科鑑定一下，但老師說：『病人沒有時間等，也沒有時間回診。一次解決。』我當下真的沒有想太多，覺得老師這樣做好像有道理，因為病人真的忙到只有這個時間能排刀，她本來還問能不能早上七點。」他沒有吐出咖啡，卻吐出了關於子宮平滑肌惡性肉瘤的一切：「那種組織很少見，我也是第一次親眼看到，看到的時候已經來不及了，老師已經下刀，都拉出來了。」

「拉出來？」

「你知道達文西怎麼開嗎？」他問，我搖頭。「這檯是微創，不用切開肚皮。有天然孔道的時候就可以近乎無創，像消化道也可以，這樣術後恢復時間可以很短，很多病人願意多花錢做達文西就是為了微創。機器手臂從陰道進子宮，直接切子宮壁再縫合就行，理論上滿簡單的，像在打電動。」他打了個嗝，還是沒有吐咖啡。

「但是平滑肌肉瘤就是一種惡性的東西，基本上是 cancer，你如果噴到、碰到其他乾淨的組織，就是感染。你要怎麼從裡面拿出來不碰到任何東西？」他講得像電流急急棒一樣，碰到就會死。「如果是結石，就有可能乾淨俐落拿出來；但是平滑肌肉瘤比較像一大塊爛肉，已經在流湯長蛆了，而且比子宮頸大超多，沒可能直接拿出來！」他第二個嗝有咖啡味，沒胃酸味，令人安心。

「機器人還在裡面，就要把爛肉切成長長一整條，像削蘋果皮一樣把爛肉切成細細長長，慢慢整條拉出來。怎麼可能不碰到旁邊的乾淨組織？就算你拉出來拉得超好，光是在裡面切開，就噴濺得裡面到處都是了，後來要清也清不乾淨。」

「你是拉出來才知道的？」

「我是，但我真的不知道老師什麼時候知道的。」他閉上眼。「我發現不是纖維瘤的時候，就應該請老師做病理切片。但是我以為老師知道自己在幹嘛，他完全沒有要做病理切片的樣子。」

「你怎麼確定是惡性腫瘤？」

「我有讀書，那個組織的樣子我認得，只是沒看過新鮮的。」

「如果你看組織能知道，韓醫師一定也能知道。他在診斷階段為什麼沒有診斷出來？」

「不是這樣。很多婦科疾病，你就是要打開肚子才知道發生什麼事。顯影只能看出組織的密度，不像打開來看，從顏色、手感、氣味，多出很多條件可以判斷。你想想看：看影子跟看狗，當然是看狗比較容易知道是什麼品種。」

「如果已經知道不是纖維瘤，為什麼不打開肚子來看清楚？」

黃醫師沒有正面回應：「我覺得老師在趕時間。」

我沒有馬上追問：「下一刀很趕嗎？」這時候最好的做法是：給受訪者一點時間來釐清自己的內心。黃醫師已經坦承很多事了，他是個願意吐露的人，只是過程中遇到坑窪。我站起來去幫兩人倒兩杯水。

「韓醫師這樣趕時間正常嗎？」我問。

「老師最近常常給我趕時間的感覺。」黃醫生停了非常久，足以喝完又一杯咖啡，我不催。「禮拜五院務會議，老師本來要提一個大案子。」手中玻璃杯的霧氣從他掌緣上方又上升了一點。「我們要提案補助住院醫生進修達文西，已經準備好提案了，在練習簡報。」他抬頭看我：「老師一直在創紀錄，證明用達文西更省時間。手術室很缺，能多塞一檯刀就是多治一個病人。如果機器夠、人手夠，達文西的刀自費，醫院也可以多賺一點，不用被健保點數扣到沒錢。」他闔眼道：「這本來應該是很好的事。」

「所以韓醫師才會表示那一檯刀如果可以破紀錄，名人效應就更能證明這是對的方向？」

「啾！」黃醫師打了第二個噴嚏。沒回我。

「感冒？」

「最近很旺，大家抵抗力都扛不住了。」他喝完一整杯水才又回我：「老師從那檯手術那禮拜就感冒了，我可能是被老師傳染。」

他還是沒回答前一個問題。

「如果真的往孕婦血管打葡萄糖，會催生嗎？」

「我不知道，沒看過研究，但是任何讓孕婦身體快要受不了胎兒的條件都可能催生。那個孕婦的血糖控制一直有問題，但是那天晚上高到不合理，我們也是緊急剖腹。」一拉回與手術疏失無關的病例，黃醫師講話就順了。

我突然想起一件事：桃源國小也在雙和市。

「你或韓醫師有小孩嗎？」

「老師有。」

「讀小學？」

「國中還高中了，說以後想考醫學系。」

我知道 Alison 沒小孩，而且住得離雙和市滿遠。

基於「保護黃泉華醫師責任歸屬」的討論就到這裡了，Alison 沒有死在手術檯上，後來的事就不是黃醫生能告訴我。

如果診斷跟治療是分開的，診斷的問題就要問懂診斷的人，像是聖芳濟醫院的王醫師。

「梅小姐手術之後三天因為感染，敗血症走了。這中間到底出了什麼錯？是術後護理不對嗎？還是手術有問題？為什麼手術成功，病人死掉？」我把王醫師從聖芳濟約出來喝午休咖啡。

「有時候都是命，每個人體質不同。」王醫師咖啡喝得慢，看來沒有反胃的疑慮。「術後感染通常你要看那家醫院常不常發生，常的話就是制度問題。再來你要看主治跟刀助的術後問題比例，高的話就是人的問題。最後是病人的體質，有時候感染源就在體內，我們也避不開。」

「報告上說有內出血，是那樣感染的嗎？」

王醫師把解剖照片拿在手裡，單看。「出血的位置就是切掉病灶的創口。」他食指落在黑線獰然的縫合處上，泛白的切口掀出內在組織。「這種就是沒有好好等血退就縫合，縫合完直接內出血，創口被血沖開，沒辦法平行癒合。」

「這是醫療疏失？」

「沒問題就不是，有問題就是。這也要看體質。」王醫師愈講頭愈歪。「子宮跟其他器官不一樣，有時候會裝沒事，看起來像止血了。十幾分鐘之後等你不注意，它才靜靜出血。你肚皮這時候關起來，或者鏡頭退出去，留下來的就是內出血。」王醫師咖啡喝完，仰頭才發現杯裡什麼都沒剩，我趕緊推一杯水給他。「陰道跟你的鼻孔一樣，是開放空間，裡面會有空氣、會有細菌、會有雜質，血液這麼有營養的東西，碰到細菌會繁殖得很快。」

有客觀參考值真好。

心法五：提升成交率

拿第一章初稿上山給梅勝霜過目的時候，她投影牆上正在放《教父》，甜橙灑滿路。教父剛好是我很熟的電影，教堂洗禮那場戲開啟影史新風潮。我以前看，只覺得劇情跟剪接的步調屌炸天；現在想來，最觸動我的一幕卻是這堆散落滾地的橙子：此後故事走向一去不復返，沒有任何人能回到從前。

我給來開門的她一個擁抱，她輕軟的像小鳥。離開之前在玄關，我們以擁抱道別。兩個擁抱中間，我維持專業，讓梅勝霜讀完第一章草稿，確認每一個段落的敘事重點、推演邏輯、案例真實性，好讓接下來的每一章可以用同一個規格書寫。工具書不像小說，敘事規格絕對不能發生意外，否則書會很難用。

完稿時間愈近，我就離她愈遠。每一次訪談，都是我能毫無顧忌要求與她見面的機會，也是她還需要我的日子，過一天少一天。不被需要的感覺通常很差，我很害怕。若想改變我們之間的供需關係，不能靠拖稿。拖稿對任何人都沒有任何好處，你以為你賺到時間，其實你失去信任。

「知道要賣什麼，才能找出怎麼賣」

第二章寫完，我自動自發約了她時間，把稿子印得精潔，拿上山給她讀。「有什麼需要我順便帶上去嗎？」我什麼都願意帶上山。

「都五點了，不然帶個晚餐？」

我當然帶了晚餐，而且不是便當。第二章整理出她怎麼挖開客戶自己也說不出口的深層需求，從觀察言行到分析行為模式，洋洋灑灑兩萬字。她讀這兩萬字的時間，我從買上山的袋子裡掏出奶油、大蒜、迷迭香和鹽醃過的牛排，用她的廚房，煎到外側焦香。等牛排回溫的十分鐘裡，我快手把鍋裡煎過迷迭香和牛排的奶油炒了麵粉，做成淋肉汁。帶上山的袋子裡還有奶油萵苣跟聖女番茄，加一顆檸檬跟橄欖油，簡單，不會出錯，削一點檸檬皮就瞬間變高級。

「你專業的喔？」

「妳點點看能不能點到我不會做的菜。」

「像開水白菜或者油燜圃鵪嗎？」

「那是什麼？」

「一下就點到你不會的菜了呦！」

「不然講妳真的想吃的，不要故意找難做的。」

「我現在想到的就豬肚湯啊。」

「胡椒豬肚湯？行！我下次做給妳。」

她自己得出一個結論，人很難推翻自己得出來的結論。

像我這種高高瘦瘦的男生，雖然看起來不行，但我剛好會煮飯，特別會煮的那種。

我知道光是我長頸鹿一樣在廚房裡洗切備料做飯的樣子，對很多女生來說，就是反差萌。這樣要她們點菜就不難，因為好奇。總之，我下次又有理由來好好待著，跟她吃飯。

「豬肚買了，但是我第三章草稿還沒寫完，先去煮給妳吃？」按下傳送。

「今晚？」她簡短回訊，我按顆愛心。

「想幾點吃？我提早去煮。」

我四點就到她家了，沒有稿子、沒有電腦、沒有錄音筆、沒有紙筆，只有一塊豬肚、白胡椒粒、香菜、枸杞、白果，加一副雞骨架。我不是代筆，只是個上山為她煮晚餐的男人。

豬肚腥，得用麵粉慢慢搓洗掉黏稠的腥液。我邊搓豬肚邊隔著廚房吧台跟她閒聊，一句工作不談。

「這要洗多久？我不知道這麼腥欸！」

「再搓兩次，加個醋洗一洗，就聞不出來了。」

她離我夠近，嗅到豬肚的原生氣味，就知道原料離豬肚湯有多遠。我鈍刀刮掉的白膩脂肪、小火炒香的白胡椒粒，還有慢火煲出的清澈原湯，一步一步顯示出誠意和實力，都為了拉近與她的距離。對這種年齡和資歷的女人，浪漫一定不是玫瑰、巧克力，如果有人願意為她們付出時間精力，可能更討喜。

她一路看著我備料、煲湯、撈浮沫，一直到熱湯上桌，她看湯還沒多過看我。成了。我按捺著，不要留宿、不要主動肢體接觸。她說得沒錯，讓人自己做出結論，他們就不會推翻自己的選擇。我只看，毫不羞怯地望她眼底看。

擁抱的時候，把她小小的整個人抬起來實在太容易了。今夜以此作結，是我的風度。

我再也不需要拿稿子當藉口跟她見面。第三章草稿未完，我就約她下山，校外教學。比大學的時候安排約會還緊張，不知道她喜歡什麼。總之豪華約會行程我一定出不起，還想要優質體驗就需要創意。我至少知道她都看什麼電影，而且電影票價有個上限。

書到用時方恨少，還好我都看電影。跳過一般約會最安全的大製作奇幻喜劇，我挑了一部比較小眾的偽紀錄片，來自叫好叫座的獨立製作公司，聽說很黑色幽默。電影院的飲料跟零食都不好吃，我準備一杯薰衣草香的 London Fog 奶茶給她，再備上一壺溫熱的梨山茶，以免她不想喝甜的，可以跟她換。

「噗嗤！」整場人還沒領略到笑點的前一秒，梅勝霜第一個笑出來。

前一個畫面是納粹元首抬頭對服務生表示他不吃肉，服務生用日文回答一聲：「是！」梅勝霜就笑了，咯咯，比全場觀眾早了一格。下一格，服務生端出精美黑金漆盤上滿盛刀工精美的生魚片，點綴一朵澄黃菊花，納粹元首皺眉抱怨他才說過自己不吃肉，日本服務生與日本將領異口同聲：「這是魚。」全場觀眾才接著爆笑。

她才要笑完，突然一嗆，就咳起來。咳！咳！咳！咳！她咳到面紅耳赤。我伸手按住她背心，不是拍拍，也不是遞紙巾，就是拿我長得很大的手掌在背後當個支撐，讓她從胸腔裡好好咳出來。她急著說話的時候喝水容易嗆，這也不是第一次。只咳一下子，沒像第一次把整杯咖啡吐出來那麼誇張。但笑點過了，全場觀眾已經恢復，她還嗆著。

我把她塞進懷裡，用外套雙襟左右包裹，把她和她的咳聲留在我們之間，不擾民。我外套尺寸大，對她簡直是頂帳篷。她終於咳完，從帳篷裡探出頭，與我相視而笑，像兩個做錯事的小孩。納粹元首的商業午餐終於吃完。帳篷裡，她第一次吻我。她下唇那個紫紅的肉痣，嚐起來居然薄軟無比，像一顆滾在荷葉面的露珠。

年輕的時候我都巴不得直奔本壘，終於不是男孩了，這次我打算慢慢來，因為我一點把握也沒有，從沒覺得自己這麼菜過。我得拿出唯二不菜的技術才行。第一個不菜的是採訪跟寫稿，那個已經拿出來用過了，第三章也寫出來了。第二個不菜的是煮飯。我一進她廚房就知道，她不怎麼做飯，萬幸。有機會在她的弱項最弱處和我的強項最強處，找出一個交叉點，創造成交時刻。

賣十次，勝過只賣一次

耶誕夜，一切貴，而她才不是用錢能取悅的女人。我不如把錢花在食材上。食材不算太貴，但備料之麻煩，值得上館子享用，除非你跟我一樣，想給女人深刻印象。古巴風烤豬肩，光是醃肉的滷水和香料，就得分兩天來醃。首先我得去比較好的傳統市場肉舖，才能切到整塊的帶骨豬肩胛，成品氣勢才磅礴。帶骨非常重要，這樣才能讓整塊烤肉裡有紅肌、有白肌、有脂肪、有嫩筋，口感的多樣性是這道菜的樂趣之一。而精湛的去骨技術是一場絕佳的餐桌表演，不容錯過。

耶誕前兩天，我就得開始做滷水。搾一升半新鮮柳橙汁，兌一半冷開水，加半杯猶太鹽、半杯蘋果醋、半杯香料蘭姆酒，再攪進細黑糖，烤出來才有甜美焦香。剩下的都是切：牛至草、迷迭香、百里香、鼠尾草，還有一整顆蒜頭，一律細切，釋放出各地香草料的迷人氣息。到整鍋滷水拌好，我才能把豬肩胛上的脂肪劃開菱格狀刀溝，刀痕深度剛剛好切開表面白膩油脂，卻只輕劃過鮮紅的肉色。劃花，一方面便於豬肉吸收滷水，二方面到時候烤出來的焦香和鱗立的酥脂，看起來跟松鼠魚一樣厲害。大餐的重點，除了美味，絕對需要顧及賣相。光站在廚房裡洗切切的時間，都超過一小時。四處蒐羅食材的鐘點還沒算。

滷水醃過夜，第二道醃料才叫麻煩。簡單的部分是切香草：牛至草、芫荽葉、薄荷葉，都是洗好瀝乾切碎即可，剝皮切碎整顆蒜頭也是正常。加入猶太鹽跟孜然粉的時候，我衷心感謝這兩種調味料是簡單的粉狀、雪片狀，只要舀進去就成了。累人的是大量手工。四顆鮮橙和六顆萊姆要榨汁都不算什麼，麻煩的是要把柑橘表皮的風味一絲一絲刨進醃料裡。在橙黃翠綠的柑橘表皮和酸香的柑橘果肉之間，白白的皮有苦味，我得避。這就是一個考驗手感跟耐心的時刻。另外一個考驗耐心的時刻是現磨黑胡椒，同時也考驗手勁。從一整瓶胡椒粒磨出半碗黑胡椒，足以讓人後悔自己為什麼沒有把錢花在胡椒罐的陶瓷磨刀上。在這些手勁活之後，還得記得好好按摩一輪豬肩肉，讓所有佐料的滋味被充分吸收。明明肩膀需要按摩的是我。

總之，為了將這些努力的效益最大化，我不只在動手之前先把所有食材整整齊齊排出來，攤在檯上照一張事前留影，還把切切剁剁刨刨搾搾的過程拍成縮時影片，讓她知道有人辛苦為她忙。雖然我這兩三個小時的勞動，跟她上次請我吃的大餐比起來，還是家庭手工跟專業人士之間的差距，但有心最重要。

那都只是事前作業。耶誕大餐，現場體驗才是關鍵，這也是我去她廚房弄的主因。四公斤豬肩胛在香料和柑橘裡浸了一整天，汁水淋漓被扛上山，一路散發香氣，撩搔路人和街犬。你能想像烤起來有多驚人嗎？這種古巴風味的烤肉，香氣層次豐富，光是烤的時候，就能讓家裡的每一個角落充滿不同的香氣。近一點的廚房和餐檯，能聞到豬肉的脂香和蛋白質受熱的梅納反應焦香。往視聽室和窗邊去，就是鼠尾草、迷迭香、牛至草、百里香一路的地中海香草氣息。還有能拐彎鑽進蛋室的氣味，是薄荷葉跟芫荽這種精油氣味比較清淡的草葉，剛好非常適合這一室淡綠。拐了更大一個彎進到走廊上，就以飄得遠的柑橘香氣為主。最最最遠的主臥室裡是萊姆混雜鼠尾草跟牛至草的清新酸香，卻不帶甜，而是含有蒜味的鹹香。連主臥浴室跟客用廁所，都分別有香吉士的橙香跟清爽的萊姆清香，令人深呼吸。

梅勝霜在烤程進入第二個小時左右，跟我一起開開心心地在屋內的每一個空間，小獵犬般四處嗅聞，唯獨不打開書房來一探究竟。可惜。

她開始煮香料熱紅酒之際，我也剝開紅石榴，一粒粒挑出晶瑩透紅的石榴珠寶，做沙拉上的配料。石榴是全天下最麻煩的水果，我心無旁騖地展示耐心和手藝，一顆都沒有壓傷，粒粒剔透，連配菜都完美。

但當晚的高潮，當然還是整塊豬肩胛從烤箱裡出爐的時刻。只要呼吸，肺就會被幸福感充滿。熟香欲滴的粉紅肉色、赤棕焦脆的鱗立豬脂，還有隨熱氣一湧而上的香料香草，再全部包覆一層鮮橙和綠萊姆的柑香，層次豐富到呼吸都來不及換檔。臉一湊近，焦糖的氣味也能深入鼻腔。梅勝霜湊近臉，閉著眼睛吸氣，笑逐顏開。

「妳那麼喜歡，我做這個就完全值得。」我是發自內心，一絲不假。

我持刀切開需要雙手合捧的整副古巴烤豬肩，肉汁順著切面下淌、熱氣沿著白煙上飄。她開心、我開心，配上翠綠剔紅的沙拉，跟她煮的香料熱紅酒。紅酒煮過還是有酒精，我們吃到微撐、喝到微醺，你來我往地開始亂唱歌。她唱一句我唱一句，愈唱愈走音，但又愈唱愈大聲，到最後都在嘶吼，非常紓壓。配上熱紅酒跟呵呵哈哈，我們笑得很誇張，誇張到她都笑嗆了喉嚨，乾咳了一陣，全身都在顫，蜷進我懷裡縮起來。我緊緊摟住她，手掌按她背心，幫助她咳出來。但是她才咳完，又像沒事一樣，繼續亂唱歌、繼續狂笑。我不是在陪笑，我自己也神經兮兮笑不停，跟她沒兩樣。這是一個歡快的耶誕，我第一次在她家留宿。下一個耶誕，還會跟她一起過嗎？

冬季第二多的就是節日，第一多的是年末結算。總歸一個字，忙。忙誰不會？會計部門在催收據，他們也要結帳；總編在催下禮拜的稿，放假前要預排好；連受訪者的秘書都忙著結年度計劃，不接我電話。整個社會都在忙的時候，我除了壓榨自己的時間，沒有其他解方。

「欸，跨年你想好沒？」

「三點回妳，現在在開週會。」

講完這簡短的電話，我在手機上設了三點的提示音。如果錢和時間都不夠拿來解決問題，至少要拿出誠意。我給勝霜的寵愛方式，就是讓她隨時都找得到我。就算我正在做事，也會即時簡短回應。打斷任何工作都不好，就算只有兩三秒，這是從我的處境上想。但如果從女朋友的處境來想，那種臨時升起的情緒和一點點焦躁不安，都能馬上獲得一點點回應，而且絕對不會被拒絕。這是極度奢侈的事情，近乎主奴關係。我的誠意就是：就算不能保證解決問題，至少妳能找到我，我會在。對任何人而言，確定性都是生活中的美好體驗。這是我從她精緻無比生活中挖出的深層需求，她在能確定事態的情況下，最為放鬆。

「我拿到編舞家出席的特別場次的票，比利時當代舞團的新作品，第一次搬來亞洲演出。跨年場，好不好？」

這就是我下午三點準時給她的回覆。然諾再小，我也會做到，這是我的誠意，讓她不用為我而有任何焦慮。只要有個人能給你幾乎百分之百的正面相處經驗，你在那個人面前就能更自然、更放鬆，也會更信任、更喜歡、更依賴那個人。我能夠提供的，就是這樣的相處體驗，讓沒了我必然成為損失。

我沒告訴勝霜，我答應藝文記者向深傳媒編輯部爭取本週人物專欄要放這個舞團總監，專題介紹舞團的前世今生，順便宣傳表演資訊。那也是我不花大錢，純憑實力取得的特殊待遇。

「怎麼樣？」從劇院出來，我問梅勝霜。

「幸好有來。」她說。

我的所有品味裡，文字品味最高，其次是飲食品味。除此之外的，我都不打算拿出來獻世，都跟我的收入和社經地位一樣羞澀。音樂或電影，我盡量讓梅勝霜選擇。跨年夜的比利時當代舞團，要不是藝文線記者狂推猛攻，我也拿捏不好，幸好她有喜歡。

我從口袋裡掏出一顆鑽石型的玫瑰荔枝果肉果凍，淡粉紅色的透明果凍，包著半透明的純白荔枝果肉，在水銀路燈下，晶瑩可愛，價格是真鑽石的千分之一不到。

「鑽石欸，還是新年限量版，算妳賺到。」

她撕開封膜，一口吃掉整顆粉紅鑽石。「唔~很好吃欸~」

「當然，我特別找來的。」這句話是真的，我大概知道她會喜歡這種酸甜花果香氣。

「新年快樂！」她的笑容非常滿足，顯然不在意禮物有多廉價。

「新年快樂。」我想過要半開玩笑跪下掏出來，決定先不要。

我忍住沒有問她：「把我自己賣給妳，妳看妳這不就買單了嗎？雙倍。」還不到時候，現在是接吻的時刻。

她還不知道，我已經把她書稿的第四章寫完，書名暫定為《銷售女王的四道心法》，新年要來做書封了。跨年夜已經有粉紅鑽石做禮物，書稿我明年再遞也無妨。反正我明年還要跟她見面，也會繼續為她做菜，和她一起好好吃飯。

♡行動目標：成交

大年初一，我把小年夜就去屠戶那裡，提前訂購的牛腿骨冷凍切片，從冰箱裡拿出來。一整箱透明保鮮盒裡，是泡過一次水，去了一次血的牛骨。我整盒瀝乾，連同一副雞骨架，搭車扛上山去找梅勝霜。

「恭喜發財。我材料帶來了，妳鍋子有嗎？」

「鴻圖大展。大哥請用大鍋。」她笑嘻嘻把廚房裡最大的湯鍋抬出來。

雪濃湯這種東西，就是花時間。我一邊燒熱水，把牛腿骨放進去燙，一邊撈血水浮沫，一邊舀米酒，一邊把一整塊嫩薑切片放進湯裡去腥。前一整個小時就是站著，撈浮沫、加水，和勝霜聊天。

「你每次都做這種功夫菜，很耗耐性。我大概不行。」她雙肘撐著流理檯，看著滾水的湯鍋說。我盯著浮沫，沒能看她眼睛，但我想她看我依然比看湯多。

「這大概要加水三次，滾個五小時。妳去混一下沒關係，我就在爐檯顧著。」

「有什麼我能幫忙的？」

「不然妳要劈柴生火嗎？炭火焙更香。」

「院子有點冷。」

「那妳負責放音樂就好。」

鋼琴聲水一樣流出來，提醒我不要憋尿。上次有這種曲目，還是蕭邦的夜曲。我轉去看看她放了什麼，音樂家叫 Arelius，果然是我沒聽過的人。我伸出拇指比了個讚，讓她好聽的音樂再開大聲一點。廚房跟餐檯之間的圓拱牆兩側，隱身柱內的兩顆音箱，射出一片音樂隔簾，把廚房內湯勺拌湯鍋的鏗鏘聲隔絕在生活場域外。

我只有耳朵得閒，身體得備料。糯米淘過四次，加水蒸熟。蒸米的過程裡，我還一邊往鍋裡撈浮沫，同時連浮上湯面的牛骨髓油都另外撈進玻璃保鮮盒裡備用，這很重要。湯色轉濃，我往鍋裡添熱水，繼續熬牛骨、繼續撈浮沫。我扛牛骨上山，一邊散發濃醇的香氣、一邊在廚房勞動，呈現出為她費心費時的一面。

牛肋條終於在第三輪添水時入湯，這都四個小時過去了。此前我都在舂米，把粒粒分明的糯米，搗成糯米糰。年糕放涼之前還要先刷一層麻油，以免沾著檯面。

「這個我可以幫忙吧？」她穿過 Arelius 的鋼琴水簾，提供協助意願。

「沒關係，這很黏，一個人弄髒手就夠了。」

「為什麼弄成花生型？這我第一次看到。」

「我今天做朝鮮開城傳統笊籬年糕湯。」

「啥小？罩離？」

我手上一邊把第二條年糕拉長，嘴上一邊講古：「這可能是整個朝鮮半島最有特色的傳統年糕湯，是高麗時代的首都開京的菜色。」

我把年糕搓成大約我小指粗細的圓條，但幾乎是她的食指粗細。「所以我今天特地帶牛腿骨和土雞骨架來嘛，這就是傳統湯頭的原料。」

我拿一支小刀分切糕條，一塊年糕的確差不多是一莢帶殼落花生的大小。「開京以前是高麗王朝的首都。後來高麗王朝被朝鮮王朝取代，高麗王被叛軍李成桂縊死，開京人可能是為了提醒自己這段仇恨……」我把手上一個花生大小的年糕搓成蠶繭狀，卻在中段一捏，壓扁這部位。

「就把年糕當成朝鮮開國君主的脖子掐著洩憤。」我再揉捏兩下，生年糕就變成小葫蘆狀，的確滿像帶殼花生。

「那妳給這些小年糕刷點麻油，比較不黏。」我黏糊的手指向芝麻油。

浮沫終於撈到盡頭，我從白濁的湯裡撈出軟嫩的牛肋條。

「快好了。妳可以去坐著等吃。」

「我要看。」

她看著我片牛肋，滿滿一層鋪上，蓋住碗底軟乎乎的年糕。雪濃湯舀起的綢白色，就這樣淋到糯白的笊籬年糕和牛肋片上，清淡鮮美。我剪了青蔥蔥花撒上湯頂，又在我自己那碗剪了幾片辣椒添味，她那碗只是放根沒剪過的小紅辣椒，增色。

「鹽自己加。」

「開動～新年快樂～」她開心得像個孩子。「哇啊～這湯也太好喝了吧～」

「不然妳以為我整個下午在幹嘛？」

「我可以吃兩碗。」

「這鍋夠我們一個人再吃三碗。」

接下來是一片稀哩呼嚕。我這次開城年糕湯真的非常成功，清淡鮮郁，滑爽適口，我吃起來也覺得自己是天才。

「第二碗我加個料，妳等我煮一下，滿快的。」

她眼巴巴看著我把兩匙蒜泥和半棵大蔥加進鍋裡，連著雪濃湯一起煮年糕。鍋上煲湯的同時，我再拿出第二條牛肋，切薄片，等著放上年糕，用熱湯澆淋。這一回我先加了鹽。

「燙！不要急。」湯太香了，熱氣蒸騰，我得勸她。

「很難欸，爆炸香！」

「這我也知道。我來給妳講個加拿大的笑話好了。」

「英文嗎？」

「原版是英文，我重新用中文翻譯一下：妳知道，加拿大本來就是一個得天獨厚的國家，自然資源多，歷史也給他們一個文明薈萃的機會。」

她忍不住開始拿湯裡的薄片牛肋出來吸，筷子夾著，甩甩就涼了。

「妳知道，加拿大本來可以擁有英國的文化、法國的美食，和美國的科技。」

她已經在吸食年糕了，現在整碗湯想拿起來喝。

「結果事實上，加拿大獲得美國的文化。」

湯還嫌熱，她不管，碗已經端起來要牛飲。

「英國的食物品味。」

噗！她笑出來，有點鼻孔噴湯的程度。

「還有法國的科技。」

她笑到抖。

我回廚房拿鹽，同時說明我對這笑話的看法。音樂聲還是很大，我只好喊得比Arelius的鋼琴更大聲：「我本來在想：英國的食物和法國的科技哪個比較好笑？其實法國科技沒有想像中那麼爛，是還滿強的。但是刻板印象就對法國人不管是打仗還是發展科技這種硬實力都很不信任，是不是法國軟實力太強，大家才誤會？不過英國食物就真的，嗯，算它厲害，我這輩子沒讀過任何一本英國食譜。妳愚人節無用交換禮物可以考慮送我一本，廢到有剩。」

梅勝霜沒有回應。一個笑話被解釋的時候，是最不好笑的時刻。一個已經讓人噴笑的笑話，我為什麼還要多費口舌去解釋呢？自從分析過她在電影院為什麼比所有人早笑一格，我就知道這個笑話她一定會笑，因為文化差異是她的笑點所在，屢試不爽。

Arelius如珠如露的鋼琴聲填滿了無人講話的空氣，我在廚房把半碗紫蘇籽細細手磨成粉，撒上今晚第三碗年糕湯，為空氣增添誘人香氣。我小心捧著紫蘇籽粉覆滿湯面的兩只碗，回頭看見梅勝霜揮舞的雙手。

她噎著了。

這一刻，我等了半年。這是我找出，梅勝霜唯一的弱點：她可能是咽喉位置比較低，或者會厭軟骨形狀不周整，總之她比一般人容易嗆到得多。我半年來的觀察只得出這個弱點。她邊喝水邊想講話容易嗆、邊喝水邊笑容易嗆、吃酸的東西容易嗆、吃東西邊想笑也容易嗆。她是一個固體和液體都容易進入氣管的人。

找出一個人真正的弱點，才容易集中火力推銷。這道理我可能從看見「子宮刮搔術

2011」就隱隱感覺到了，二〇一一是楊立功人生中最自由的一段時光，那時候在歐洲還有個過從甚密的研究夥伴，不慎在子宮內壁留下輕傷，成為植入性胎盤的起點。

自從確認氣管是梅勝霜的最弱點，笊籬年糕湯就是我最好的選擇。如果只想拿手指粗細、葫蘆形狀的綿糯年糕來一決勝負，那就太粗糙膚淺了。對一個研究梅勝霜的專家而言，孤注一擲永遠不夠。一般成人的氣管大約1.5公分寬，笊籬年糕剛做好，大約也是直徑1.5公分的柔軟圓柱體，但又比一般的韓式糕條更短也更圓潤，有機會不太咀嚼就吞嚥。第一碗年糕湯大約如此，咀嚼是一種享受，但滑落食道也不會怎麼樣。

第二碗年糕湯有加料。大蔥和蒜泥香氣很濃，能誘人下肚。我讓大蔥切片和蒜泥在高湯中充分加熱到一個半生不熟的香氣頂點，與此同時，加熱兩次的年糕也吸了湯汁發脹不少。

第一碗的牛肋切片比較厚，一定需要嚼開來才能吞嚥；第二碗的牛肋卻是片得極薄，被濃香的熱湯澆淋得入口即化，好像沒有什麼吞嚥障礙。一旦本來需要咀嚼的東西變順口，本來不需要咀嚼的東西就有機會偷渡。

我還需要湯。開水白菜和油燜圃鴉都是鮮醇無比的菜色，她喜歡這款，我就朝這方向發展。雪濃湯是慣於東亞飲食的人顯然會喜歡的湯品，尤其在深冬。熬牛骨的濃郁加上雞骨架的鮮味，牛肋條的油潤也功不可沒。我沒有把湯鍋上的牛油撈盡，留一點脂香更誘人。我煮出此生最為鮮醇的湯頭，裡頭的胺基酸滿滿都是鮮味，只待一撮鹽來提鮮。第二碗湯，我加了最佳濃淡的鹽。鹹味總是暗示口渴，能讓人喝得更快更莽。湯從鍋裡盛起時正落在攝氏六十七度，是一個稍嫌燙但已經能入口的溫度，足以稍微刺激口腔，掩飾固體順勢流入。

如果還是沒事，第三碗的紫蘇籽粉還沒被湯浸潤的時候，也是很容易自由飄散、誤入氣管的東西。浸潤之後的紫蘇籽團塊，雖然不如年糕這麼容易噎著，但也是另一種容易順著湯水亂竄的固體。重複推銷，總能提升成交機率。

用第一碗湯的安全溫順為引，拿第二碗湯改變配方和做法，以矇蔽梅勝霜，好愉快而急切地喝下香氣衝鼻的第二碗湯品。這時候才是精選笑話出場的最佳時刻。這個笑話夠好笑，也夠長，甚至在結尾有英國美食和法國科技兩個笑點連發，算是相當難得。在她已知日本人不把魚視為肉類，看破導演意圖先笑出來的時刻，我就知道文化差異這件事長在她的笑點上，而且她對有預期感的笑點能笑更久。

Arelius 清順如流的鋼琴聲夠大，足以讓轉身進廚房拿鹽備餐的我，低頭順勢洗完配料碗跟刀子、砧板，也沒有注意到應該正在大快朵頤的梅勝霜。但洗這些東西要超過兩分鐘也不容易，所以我一擦乾手，馬上接手磨紫蘇籽。我得持續被研磨聲包圍，才能不注意到廚房外的動靜。

此刻的我，需要關注梅勝霜。因為噎到不見得會死，但如果她沒死，我又沒有善意協助，我一定會死，我知道的太多了。於是我把手掌大大貼上她後背心，像她平日嗆著一樣，扶著，好咳出來。一般人拍咳拍痰的做法，是給一點突發的胸腔壓力，幫助橫膈把東西咳出來。我當然不能這麼做。

我現在只希望葫蘆形狀的年糕，能有足夠的摩擦力，在氣管裡留滯。如果是光潤的圓柱狀年糕，在有軟骨支撐的氣管裡，一旦突破最大靜摩擦力，應該有機會噴射而出。但是葫蘆狀的年糕有腰身，摩擦力和形狀都不太均勻，葫蘆腰更有機會在氣管內部卡住環狀軟骨。

「噎到嗎？」我問。「年糕嗎？是年糕嗎？」我顯得慌亂無措。

她拿起手來，往自己胸口敲。

我則是拿起手機，按下「警察局」。

「那個那個，我們家有人噎到，我不會弄。怎麼辦？可以來救救她嗎？我這裡地址是……」我站在餐檯兩側的音響旁，鋼琴聲依舊汩汩流出。

「不是，我們這裡是崙尾區的山上。啊？不是你們管區？拜託拜託幫我轉接我們這附近警察局！」

我盡量讓自己看起來跟聽起來都是使盡力氣在幫忙。但我今天上山之前，就把離我家最近的雙和分局電話存成「警察局」。這樣我在出事後第一通播出的電話，雖然愚蠢，但充滿善意。慌亂跟蠢都不犯法。愚蠢要是有罪，全世界的普通人都得進監獄。

「勝霜！」她暈過去了。

而且不要說警察需要轉接，能再消耗一點時間，光是從離這裡最近的山仔后派出所飆車上來，至少都要七到十分鐘。如果大年初一大家出門走春拜年導致山路塞車，這只會更久。呼吸停止的黃金救援時間，大約只有三分半。光是雙和分局轉接到適合的鄰近醫院，都要花上半分鐘，時間不站在梅勝霜那邊，而且春節的公共服務人力總是吃緊。

以仰德大道的塞車程度來推算，我可能還要再哭個十幾分鐘。我該做的是哈姆立克法：從背後抱起她，雙拳往胸骨劍突擠壓，好讓堵住氣管的異物衝出。但我如此愚蠢無知，不知道哈姆立克法也很正常。最後，我只把她從地上扶起來，抱緊她哭。我是一個既慌亂又哀傷，還已經精神崩潰的愚蠢男友，跟所有煽情電視劇裡的激情男朋友一樣，只負責哭跟搖晃將死之人，但搖晃得輕些，晃出年糕可不好。

真哭十幾分鐘有多累，恐怕只有收驚前的嬰兒能體會。我讓自己維持哭泣的生理狀態，身體一忙，腦子一時之間被空出來，足以把這幾個月的遭遇順過一遍，以免出任何差錯：

從第一章的案例安東尼，到第四章的案例Alison，共四位死者，我都查出有人為操弄死亡的痕跡，而且直接或間接受益者，都是三巴集團或三巴底下的某個派系。那是寫給梅勝霜看的。據實報導真相之前，我得先活下來，才能有第五章。

我知道的太多了。

從哪一刻開始感到哪裡怪怪的呢？我想是阿勃勒，金黃漫天的阿勃勒。阿勃勒是高大的喬木，需要大量日照，所以不會密植，以免互相遮蔭。最棒的種法是夾道的行道樹，平日蔭涼，春夏又能開出金燦燦的黃金隧道，美化市容。探花廛正對市廛街道的那一面，正是一排路樹阿勃勒，才讓安東尼落在兩樹之間的中央位，腥紅燦麗。

探花廛的另外三面，都是造景跟園林，環繞建物，以求僻靜。首都市中心的最後一塊住宅用地，當然要為買得起的豪客保留一些隱私。安東尼大可從空中花園的任何一個點落地，但他選在正門口，連路過的行人車輛往探花廛探頭都能看見的位置，一躍而下。

他明明可以找一個僻靜的地方離世，或者去一品閣頂樓跳，偏偏要死於探花廛大門前，拖累房價。最難懂的是：安東尼可是窘迫而死啊。他被自己一連串不理性的財務決策和壞運氣逼到死角，甚至因為自己的死，連累自己創立的公司售價，怎麼會想死得眾所周知，保證上新聞？

除非他本來就想上新聞。

要不是看過梅勝霜的筆記，我還會以為安東尼就是那個「明明可以……卻偏偏要……」的富二代。但他所有的明明與偏偏，其實都能歸結出一個決策方針：證明給他爸看，他靠自己就能成功。可惜他沒有，他自己搞技術新創出來的公司，到併購之前，都還不值得那個收購價。與其被揭露技術不到位，又是靠關係才被大集團收購，安東尼選擇用自己的死訊來確保一週後估價下跌，最能掩飾自己的失敗。

所以我看見兩株亮黃阿勃勒中間的濃色血花，才隱隱感到安東尼死得蹊蹺。他本不必死，更不必死得眾所周知。只要沒有陷入財務困境，收購價格何苦要用死訊來掩蓋？一戶七億以上的探花廛，自備款再低也要一億以上，可以用來保住自己的 Sonicandict，要逆併購巴望傳媒都有機會。這樣一想，原來安東尼的雞雞需要用探花廛來安放，所以死不拿去抵押。若沒買探花廛，財務有餘，操作和避險都不難，完全可以延後失敗或逆轉勝，哪會被債務或併購的期限掐死？

到這裡，都還可以賴給三巴集團，畢竟好幾樁死亡都的確讓他們得利。

梅勝霜的客戶都是想往上爬的富裕階層，所以客戶死亡引發重大事態改變，其實理所當然。用同一個邏輯：三巴的業務和利益牽扯之廣大，幾年內死亡的名人中有四位消失，剛好有利於三巴的某個派系，其實也理所當然。取樣方式會決定結果偏差，而且三巴還比梅勝霜多了利害關係可以當犯案動機，懷疑他們很有道理。但我對三巴有舊怨，所以格外小心處理自己的懷疑。單論利害，安東尼和楊立功死掉，對三巴實在不見得是最佳後果，Alison 之死更跟他們關係極淺，我這樣寫，純是為了讓梅勝霜認為我的疑心完全轉向三巴。

人心底的動機永遠不會有證據，只能推測。作案能力倒是可以排除不少嫌疑。

三巴化工的作案能力超弱，夜間偷排污水這麼常見的伎倆，我光是去排水管口拍攝和採樣就證據確鑿了。這麼大的公司，連個潛管都不做，直接排進河川，不是笨到以為打點官員就萬無一失，就是壞到已經把罰款計算進生產成本。從被爆料後的反應來看，是笨。

雖然化工是傳產，做傳媒或新創的楊立言和親信應該可以精細不少，但 Alison 之死的精細程度，比我查過的任何一樁弊案或任何政府部門發言人的官腔，都複雜三個跨度以上，不誇張。憑三巴，恐怕動不了 Alison。

Alison 的死因是術後感染，跟楊立功一樣，在女強人人生中最脆弱的時刻遇到所有的不利因素。我從王醫師和黃醫師給的資訊裡，重建出讓 Alison 死於這次手術的作案手法。

銷售女王心法一：收斂目標

Alison 的電腦斷層片怎麼落進梅勝霜手裡，不是等閒功力。美國的個資保護嚴格，不透過醫院或醫療保險很難取得資料。她不只取得，還知道要請誰看最能看出端倪。這讓明明研究過，仍以為韓凜就是最佳婦科疾病醫師的我，被自己的無知打臉。梅勝霜每一本筆記的研究深度都遠超過一般人所能及，她是真女王。找出目標身體上既有的缺陷，Alison 是惡性子宮平滑肌瘤、楊立功是難產致死的高風險、梅勝霜是咽喉發育不良容易嗆咳。

銷售女王心法二：深掘客戶

我沒採訪過 Alison，只讀過 Alison 所有的中英文採訪。既然楊立功也可以被梅勝霜這樣研究透徹，不妨一猜 Alison 為何會被拐進這一局。我想是因為她的商業背景，讓她慣於快速得出「最小規模可行方案」，不追求一切資訊和技術都完備後才行動。跟一般惜皮如金的台灣權貴不同，美國生活更相信制度的基本品質，而且對醫療資源不會挑剔到非頂尖的服務不要。知名且績效明確，媒體表現又出色的韓濚，顯然是合理選擇。看透 Alison 的決策模式，把她會挑中的選項送到她鼻子下。

我正是這樣精挑細選了加拿大的國家笑話，看準梅勝霜對文化差異的笑點沒有抵抗力。

銷售女王心法三：自找時機

除了電腦斷層，還有一件梅勝霜要我幫的忙，讓我非常良心不安：問明桃源國小的午休時刻。桃源國小跟薪傳醫院一樣都在雙和市，我想起黃醫師當天抱怨過一件事，喝完咖啡隔天，我撥電話給黃醫師。

「請問一下：三號刀助那天負責做什麼？還有，他名聲哪裡不好？」

「主治醫師只會切乾淨患處、縫合器官，後面止血、綁線、清潔都是學生或刀助的事。我那天太累，跟老師一起走，都留給刀助。三號算是比較熟達文西，手藝也不差，但是有些習慣連護理師都會抱怨，像是床單拖到地、鉗子用無菌巾擦完放回原位，還把手機帶進刀房，等的時候會看手機。就是沒犯天條，但你總想制裁他。」

「那幹嘛排他？」

「本來不是排他，二號臨時有事，才找三號代班。熟達文西的刀助沒那麼多，就那麼幾個輪來輪去。當天另一個熟手八號拉肚子，補不上。」

三號刀助正在接受調查，他們人力應該更缺了。我只好調查二號刀助，看她的事有多臨時。二號刀助是單親媽媽，前一天午休，她兒子跟人大打出手，對方縫了三針。她隔天一大早陪兒子去學校，要跟對方家長對質。她兒子讀桃源國小，雙和市的，不是蘭陽市的。

我覺得讓小學生跟人打架實在太容易安排了，讓人腹瀉也很簡單，難的是讓專業刀助剛好犯毛病，同時又要賭 Alison 的體質剛好是會延遲出血的類型。說起來，賭楊立功會產生植入性胎盤，同時難以止血，好像還比較簡單。但如果楊立功沒有死於難產，卻發生產褥熱呢？感染這種事，似乎也可以安排，雖然應該比腹瀉難一點，但是趁人最脆弱的時刻搞人家，的確比平時容易。從保鑣圍繞的有力人士到手術檯上的病患，後者的弱點格外明顯。但羅寒單不也在隨扈左右雙夾裡出了事？

「啾！」電話那頭的黃醫師又感冒了，打了個噴嚏。他老師韓凜當時也感冒了，他們那幾天壓力都大到根本不可能睡夠，免疫力保證低下。要讓免疫力低下的人感冒也非常容易。

雖然很多研究都表示人體最強壯的部位是下顎，但我總覺得橫膈膜絕對也是有力候補。打個噴嚏，能把飛沫噴到八公尺外，大腿肌跟臀大肌要三級跳才能達到的距離，橫膈收縮一下就搞定。雖然所有人都會戴手術用醫療口罩，但大家也清楚，口罩跟皮膚的縫隙還是會漏風。那場手術有兩個人可能打了好幾個噴嚏，人的口腔是全身細菌最多的地方。醫師上刀前慣例會刷洗的只有手跟手臂。而刀房為了避免細菌孳生，都很冷，噴嚏難防。

我不知道三號刀助的習慣到底有多差，但環境不夠無菌，加上最後縫合的人有東摸西摸的壞習慣，不是什麼好組合。

我在講笑話之前花了四個小時煮湯、兩天備料、一個月規劃細節，才落實眼前一切。在目標對象最脆弱的時刻，提供最不利生存的條件。

銷售女王心法四：反客為主

梅勝霜已經一分多鐘沒有呼吸了。但年糕隨時有可能迸出來，也還有機會恢復呼吸、心跳。我什麼都不做，只是撐著她的背、握著她的手繼續哭。不能吝惜明天會痛到像被卡車輾過的手臂跟右肩、不能吝惜明天會腫到像豬頭的眼睛，在這短短的警車或救護車等待時間裡，我只能愚蠢無用地哭泣。一旦開始哭，維持這個狀態就沒那麼難。

人都有慣性。尤其是複雜的技術，不靠慣性根本沒辦法執行。想想，職籃球員如果運球的時候還需要眼睛看地板跟球來確認運球精準度、廚師如果拿到一條蘿蔔還要細想燉煮跟涼拌的刀法區別，早就被趕下場了。韓凜作為東亞第一快刀，當然有很多操作都是靠已經很成熟的慣性來完成。需要判斷的時刻，多半是病灶要切到哪裡、出血要怎麼止，自動導航的時間比下判斷的時刻多得多。人一旦累過一個極限，自動導航的時間會更多。

週三一整天，是韓凜去醫學黎明的拍攝日，沒看診，但沒休息；當天夜裡緊急剖腹妊娠糖尿病的病人到兩、三點；隔天週四，一早八點早刀；那一整週，韓凜最重要的一件事是週五早上院會的提案。若無意外，週四早上八點，會是韓凜一整週最疲勞的時刻：生理上被週三的緊急夜刀拖累，心理上牽掛週五的提案。週三夜裡，在一位本就有妊娠糖尿病的住院產婦身上打一管純葡萄糖溶液，不難。

外科醫生有一個常見慣性：趕時間。不只是計算手術時間想破自己的紀錄，還是隨時隨地爆漿出血都需要在瞬間做出判斷，職業所需。有位一般外科的醫生為此開始打網球：「這種反應跟決斷力，平時就要練習。」他們的生活步調就是殺伐決斷，在手術檯旁邊才能毅然決然。高度專注和做出決策是最耗腦力的活動，人累的時候，大腦就會逃避這些工作。

所以韓凜一直不換術式。達文西既是他熟悉的工具，又是他正極力推廣的未來，甚至是眼前這位重要病患選擇他的理由。而且病患顯然沒有時間可以用來慢慢恢復，如果不是微創手術，術後癒合可能是個問題，甚至被病患投訴。在切下去之前，沒有任何證據指出是用傳統術式才能解決的問題。他切下去了，而且被迫花更多時間來處理糜爛的癌化病灶，滴滴答答、稀稀拉拉。他沒有時間和力氣好好等子宮壁止血，就離開現場。

但明明去醫學黎明錄影、接議員媳婦這位高風險病患、院會提案補助達文西，還有接下 Alison 這位當紅炸子雞病患，都是韓凜自己選的。他若沒有親手把握每一個機會，週四早上不會累到靈魂幾乎出竅。

我也沒有逼梅勝霜狼吞虎嚥，只是把年糕湯做到完全符合她的口味，再熱騰騰送到她鼻子底下。吃喝隨她，我只負責講笑話。

銷售女王心法五：提升成交率

就算一切無菌，被白身癌細胞感染的 Alison，還是很有可能復發，甚至擴散，就算當選總統也無法做完任期。既然她的基因本來就在這個年紀長出惡性腫瘤，其他被感染組織罹癌的機率也不會小。

就算楊立功幸運，沒長出嚴重的植入性胎盤，或者血庫充足，若她的產程跟 Alison 手術一樣精密設計過，成為最劣生存條件大集合，楊立功會不會在人生中最脆弱的下一刻，因為產褥熱而死？

我從鑽石美型的玫瑰荔枝果凍開始嘗試，一路歷經甜稠彈牙的焦糖珍珠奶茶和鹹香溜滑的油蔥酥米苔目，才找出過年期間警力和醫療人力都不足的日子，嚥下香濃適喉的笊籬年糕湯，搭配一個夠長又保證能連三笑的文化差異笑話，才終於噎住梅勝霜的氣管。我還規劃過花蟹湯或多刺的黃鯽和啃起來容易刺到嘴脣的西京燒鮭魚頭，盼能用海鮮的硬刺割破她脣上薄軟的紫色腫包，那應該是一個血管異常增生的靜脈湖，一旦出血很難止血，我還長期搭配抗凝血的食物，像薑黃跟茼蒿來餵食她。但那是下策，致死機率太低。我甚至考慮過偽裝成窒息性愛的意外，用她的名義訂購好幾次低溫香薰蠟燭，留下從雪松到玫瑰的一連串紀錄。但把自己拖進過失致死的責任裡，是下下策。

這種一次不夠，多安排幾個可能發生的條件同時匯集的規劃，她雖然沒教我，看多了也能學會。雖然非常麻煩，每次都要規劃到懷疑人生，又只能期待成功機率自己到來，但在殺人上有個絕佳優點：死因幾乎不會被懷疑他殺。只要死因不是外力所致，警方也想直接結案。誰會懷疑女人難產而死背後有人為操弄？噎死也不是外力可以輕易達到的死因。可惜我無法完美不在場，得自己端湯上桌陪吃陪聊。人家羅寒單踩踏意外當天，梅勝霜整天在豪宅美墅汐的銷售現場，還成交了一筆，不在場證明完美不過如此，我從判決書裡學到好多。羅寒單大概死也想不到，最後居然是范姜麗雲的小迷弟為他報了仇。

我從銷售女王身上學到好多，連專書大綱都擬出來了。

梅勝霜體溫轉涼，終於缺氧得夠久。確認她死透，我心裡湧出的第二個念頭是：這本書的第五章，她無論如何讀不到，我可以寫進書裡了。書名從《銷售女王的四道心法》改成《銷售女王的五道心法》。

「勝霜，妳買單了。」我在她耳邊輕輕說：「我贏了。」賭局從第一章的開頭，就由梅勝霜銷售、我買單；來到第五章，終於由我銷售、她買單。我知道的太多了，不盡快成交，怕突然死掉。

上個月，我把被三巴化工和整個三巴集團封鎖後，那份不自殺聲明更新完畢。接著，我也像公布三巴化工政商關係的追蹤報導一樣，把《銷售女王的五道心法》前四章不在草稿裡的段落，直接交給印刷廠，連出版社都沒看過。因為我毫無贏的把握，又沒有輸的本錢。我得用她的魔法打敗她；但我也有我的魔法。

代筆人沒事不會真心想了解案主的內在，除非這對闡述他們的外在有幫助。無論是投資達人還是模型職人，寫出個性觀察和人生小故事，都是拿來佐證他們的成就用的，可我又不是在寫人物觀察誌。自從賭局成立，我的感官和天線都完全打開，隨時攝入梅勝霜的深層需求和不自知的小習慣。

碰到想逃避的話題，她除了把句子拉長、描述變得很間接，還常常開啟泄殖腔譬喻。她一提到禁忌事物，會用衝破另一個禁忌來壯膽，就像一般人進鬼屋會罵髒話一樣。梅勝霜的髒話就是泄殖腔，全世界各種語言的髒話重要素材庫。安東尼打破財務紀律買探花鏖是禁忌、俞力行對他老闆的憤懣是禁忌，腦子裡的髒東西都流進下體，不愧是人體的下水道。她家再怎麼美、再怎麼精潔，也需要下水道。她場控一流的女王人設底下，也需要一點宣洩。如果要賣她東西，得探她的下水道。

梅勝霜擅長把情境包成屁話來講，整本羅寒單踩踏致死案的判決裡，沒有任何人能找出梅勝霜教唆的痕跡，在法庭上自然不構成證據。俞力行對梅勝霜的指控非常無厘頭，但從俞力行的反應，和我所知的梅勝霜一對照，我完全可以想像俞力行聽見什麼：「人那麼多都要往廟裡衝，像屎在滾一樣。門檻那麼高，就像肛門一樣，衝過去了就是剉屎，衝不過去被夾斷就是棒賽。」時機對了，就只需要講一句話來成交。只要情境設定好，俞立行完全可以在屎尿對話中了解：天后宮門檻是最容易出意外的位置。

這是只有梅勝霜能完成的教唆方式。若不是德雯邊吃茴香奶油沾薯條，邊模擬楊立功看到了什麼，我沒想過要重現銷售現場。

真正開始疑心她，是翻過金字黑色筆記本。如果意在成交，客戶成交之後就告一段落。售後服務的確可能，畢竟經營客戶關係對高端銷售一定超重要。但明明知道安東尼已經沒有任何金錢餘裕，還認真追索安東尼的金流狀況，一直追到他做出最後一筆非理性投資為止。除了是帥哥安東尼的跟蹤狂之外，沒什麼道理。就算是喜歡帥哥也沒道理，因為那些行為跟外貌無關，只跟金流有關。購屋之前，安東尼筆記本的內容，也幾乎只跟金流有關。幾乎可以確定，梅勝霜研究安東尼的動機，不只在銷售，顯然還涉及財務問題。財務問題正是安東尼真正的死因。

金字 3 號的安東尼和金字 6 號的楊立功，都有這個問題：成交之後還繼續追蹤。

第一次看到瓦斯行的資訊，我還以為梅勝霜跟我和警察一樣，對她死前的爆米香攤販爆炸事件耿耿於懷，想要進一步了解。後來想想，因為成交不只一個階段。讓楊立功懷雙胞胎不是銷售的終點，而是起點。

賣探花廛給安東尼，是第一張骨牌；介紹巴陵銀行的專員是第二張骨牌；金字3號筆記本裡用紅框標出「別人恐懼時我貪婪」，是第三張骨牌。他最後一筆信用貸款觸倒一串無可挽回的債務骨牌，少一張都推不倒安東尼。「別人恐懼時我貪婪」雖然在股海裡已是常識，教人逆勢操作，但梅勝霜一直以來都是不用典故的人，連被用到爛的譬喻如「像海綿一樣吸收」這種常用語也從來不講，她只用最簡明的白話來說出自己要講的事，連開啟洩殖腔模式的時候都不例外。楊立功那本筆記裡，一點文字修飾都沒用上，純是資訊。

她寫在安東尼筆記裡的「一鼓作氣」、「擇鄰而居」都不是她會用的陳述。不像安東尼「我都白手起家了，還要被因循苟且的記者寫成『最強富二代』？」一句話裡就用上兩句成語。她在安東尼筆記本裡，文字使用習慣就貼近安東尼。那句「別人恐懼時我貪婪」是要講給安東尼聽的話，不是她對安東尼的觀察紀錄。

人有慣性，幾乎不可違逆。我對她的疑心從讀到這句筆記開始孳生，花了幾個月無比認真聽她講每一句話來驗證她說話的慣性。「別人恐懼時我貪婪」在安東尼筆記的最末頁，也在安東尼人生的最末頁。

從知道梅勝霜帶 Alison 的電腦斷層片去給王醫師診斷開始，天知地知我知梅勝霜知，我接觸到的線索已經多到無法不懷疑梅勝霜，尤其韓凜又是我一手推上醫學黎明的螢幕前。無論如何，不能讓梅勝霜發現我對她起疑。但我從頭就跟安東尼一樣，想證明自己很行，想在梅勝霜面前顯得聰明，那時候要裝笨已經來不及。

幸好她算是美女。美女只會懷疑男人的真心，從不懷疑男人對她有興趣。真心，我不都證明很久了嗎？從盯著她微溼的髮梢就開始，甚至更早，眼神忍不住停留在她胸前又轉開，讓人感到我對他們深感興趣的肢體語言有非常多，都是我必備的採訪技巧。當別人早就認為你對他們有興趣，展露進一步的好感就會顯然真誠不欺。

雖然寫作是一件很孤獨的事，但口述才不是。口述者會同時享有物理陪伴跟心理陪伴，沒有比代筆更需要全面了解案主的人了。案主的親友或看護，可能連案主喜歡穿哪雙襪子配哪雙鞋子都知道，但代筆會仔細聆聽，以融會貫通為目標來理解案主想告訴世人的所有內容。我們注定貼近案主內心，間接滿足案主被人理解的需求。如果我的觀察無誤，梅勝霜是一個很孤單的人。

失去代筆身分之前，我決定獲得情人身分。如果連Alison和楊立功這種人都能解決，像俞力行跟我這種小人物，恐怕死了連報導都沒一發。一旦梅勝霜不再需要我，我徹底消失對她還是更確定的安心感。我只好提供不同的安心感來讓她持續需要我的存在，人生中第一次卯足全力把妹，把的就是姊姊。

「她噎到了⋯⋯」我邊哭邊對進門的急救人員說。我的聲音被整個空間充塞的音樂蓋過，急救醫生一定也聽到了，滿室樂聲。

梅勝霜開的音樂比她的氣息還綿長不斷，充滿整棟房子。我報警完就趁機把 Giovanni Mirabassi 拉進她這張播放清單，因為 Arelius 太輕柔，不足以掩過說話聲和她從椅子上跌落的聲響，而 Anton Bruckner 又不是情侶晚餐該聽的音樂類型。

我起身，駝背垂頭。像我這種瘦高無比、手長腳長，長得不帥，又欠打扮的男生，只要這樣毫無脊椎地站著，就能顯出庸懦，完全能看出是一個連女朋友噎到都不知道該怎麼辦的廢物男友。還只會哭，鼻腔腫到連一句話都講不完。我就廢。

「我本來還要用那個牛油煎馬鈴薯給妳吃……嗚嗚嗚嗚……妳最喜歡那個了……嗚嗚嗚。」我邊哭邊說，以便讓人注意到流理檯上白鐵盤裡的凝脂。這種跡象能顯示我有明確的下一步規劃，應該是與死者善意交遊的關係，相當於安東尼在女兒牆上留下的白金婚戒。

宣布死亡時刻並請我節哀後，急救人員留了一張禮儀公司名片給我。我本來可以把肩胛骨放下，調回工作用的挺拔站姿，否則會被採訪對象當白痴，但是好累。哭的時間就有十七分鐘，加上哄梅勝霜和應付急救隊，我已經情緒飽滿演出了二十三分鐘。肩胛隨脊椎滑落，在坐骨之後落地。雙肩貼地，躺在梅勝霜身側地板，轉頭才發現她的側身曲線和落地窗外遠景裡的觀音山幾乎重合：側臥觀音。

看著地板上屍骨剛開始發寒的梅勝霜，我湧出的第一個感受是：亢龍有悔。當下我還不知道這是什麼意思，接著想到的是這段經歷可以寫成第五章，同時還得持續哭泣，畢竟家裡若有我不知道的監視器，我的行為不能透出可疑。

心內梳理完女王的五道心法後，亢龍有悔的意味才漸漸清晰。確認梅勝霜死透前，我沒有任何人生經驗足以體會到這層心理：如果連什麼人都能殺掉的梅勝霜我都殺得掉，世界上還有什麼可怕之事？

毫無畏懼的感覺太糟糕了。此前，我以為最糟的感覺是 Alison 死的時候，未來被關燈，一片黑暗；再此前，我以為最糟的感覺是楊立功這種超級優秀、一輩子自律，甚至道德標準都很高，還超級努力的人才，死於傳統和生殖壓力；於此之前，我以為最糟的感覺是自己拚盡一切成為新世代最優異的政治記者之一，卻因為一次專題報導被驅之別院。此刻，我親手把死亡銷售給這些死者的銷售員，淹沒所有過往糟糕的感覺，只剩最後，最強力的單一感受。

我正三少四壯，望四，沒有以前那種衝新聞的爆發力，也開始流失熬夜趕稿的續航力。被總統府發言人唱名提問、與三巴長公主並肩共乘，職業生涯的亮點愈來愈難尋。就像年輕的時候吃到油脂豐盛的肥牛火鍋，覺得爽爆！長大賺了錢吃A5和牛宴：從油花細密的刺身、和牛壽司、澄澈的牛清湯、涮壽喜燒、石板牛排，整套吃完，獸類油脂的體驗也到頂了，很難有更強大的刺激讓我重拾以前吃五百元肥牛沙茶鍋的爽感。悲哀，一個種類的樂趣封頂，簡直未老先衰。

如果只是一個種類的樂趣封頂，我還可以往海鮮的細緻氨基酸跟豐富脂肪酸探索各種鮮美。可是，套句我訪過的賽車選手的話：「我不打電動，沒意思。」他開真正的賽車，在物理法則的邊界超限控制，身體和大腦全都跟機械協同，極高速運轉。模擬情境的電動實在太沒意思了，不管是血源詛咒還是曠野之息，都是假貨。在死亡面前，生命裡所有的成就，都是低一層級的瑣事，不是另一個種類。能把死亡銷售給任何人的本事，讓人間的一切體驗都褪色到接近透明。亢龍有悔，一旦登頂，就再也沒有成長空間，只剩衰敗一途。

至此，我才打心底理解梅勝霜幹嘛要殺那些人。雖然 Alison 絕不該死，對梅勝霜恨歸恨，我已經能理解她。說穿了，Alison、羅寒單、楊立功、安東尼，他們死掉的時刻，的確都對局勢產生重大影響，但這是表象。梅勝霜的客戶都是些成就已經很高，正在找人生進階的傢伙。那些傢伙恐怕沒想到進階以後有什麼，只是對現狀有不滿，就以推進來脫離現狀。他們都有充分的被害動機，能憑自己的選擇跳進新挖好的陷阱，自願躺在坑底。梅勝霜既然做得到，就會去挖坑。已經沒有比挖坑更令人感到活著的事了，如果連坑也不挖，不如死一死。

我現在唯一還貪戀的事物，就是跟梅勝霜的賭約。那可是我終於成功賣給她的東西，值得四倍代筆費。她死了，無法履約；可她沒死，就不用履約。這份內在矛盾大概就是這份賭約的迷人之處：絕不可得。保證能做到的事已經沒有意思；不保證能做到的事才有味道；至於保證做不到的事，值得全力以赴。妻不如妾，妾不如偷，偷不如偷不著。

我又錯了。梅勝霜的律師手上有她的預立遺囑，不但交代我的代筆費依照合約的四倍支付，還把她整間書房裡的所有資料都贈與我，作為寫書所需的必要材料。預立遺囑的日期在耶誕節後一日，始料未及。

目錄

一切入土為安，第三次走進她漆黑的書房，從未如此自由。慶幸，定稿前來了一趟，獲得嶄新資訊，我才決定在出版前重新編出更適合本書的目錄。

金字1號、3號、6號、11號黑色筆記本，分別是：羅寒單、安東尼、楊立功、Alison的專屬記事，一絲不亂。仔細翻閱，一一印證我的推測，也有不少新知。原來羅寒單其實髖關節有舊傷，抬腿不易。安東尼第一次創業期間也在心理諮商師處留下過自殺傾向的紀錄。果然，仔細研究銷售對象，實屬必要。

一、收斂目標

金字8號筆記跟其他本不一樣，第一頁是八人名單：

推理謎題研究會 何霜潔

清潭診所 呂進之

南通藥局 張磬祥

天玉派出所 陳衷直

中央社 林俊偉

深傳媒 程遠

歐陽雙飛

蘭陽市 李’r

我認識林俊偉，我們以前實習單位同一個。有時候採訪還會遇到，像是拍梅勝霜從法庭出來的時候，他跟我都是扛相機的攝影記者。看到他排序居然在我前面，莫名不爽。

我聯絡俊偉：「你認識梅勝霜嗎？」

「銷售女王喔？她有來找我棚拍過，說要精修的形象照。」

「就這樣？」

「她還幫我們介紹了室內設計師，很棒，但是很貴，叫歐陽雙飛的樣子，名字很特別。」

「真的是很棒的設計師。你看過梅勝霜家的設計嗎？」

「有啊！那個頂天立地落地窗超美。變色玻璃也超屌。」

原來俊偉沒進過蛋室，進過蛋室的人，對整間房子最深的印象一定是蛋室。難怪俊偉名字之後的筆記內容只有少少三頁。所有人的筆記頁面算下來，我的最厚，而且厚很多，有三分之一本都是我。四號陳衷直只有一頁，我是他的三十倍。我的第一項筆記，是追蹤調查三巴化工排放的污水處理，對法規陽奉陰違。想不到，讓我丟工作的事，後來讓我賺到新工作。

「行銷，是賣一個商品給很多人；銷售，是揪出一個人會買什麼」

筆記大部分是我開始採訪她之後的內容。從第四頁的「兩倍代筆費×2」開始，都是我認識她之後的事，讀來不無感慨。到我的第三十頁，也有一個紅框，裡頭寫著：「成交至上主義」。我以為那應該是第四頁的事，跟我們的賭約同一頁。但梅勝霜顯然在發現我調查薪傳醫院之後，才寫下紅框裡的字。每個人最多只有一個紅框，也有人沒有。何霜潔的紅框是：「從理論到實踐。」陳衷直當然沒有紅框，呂進之、林俊偉、李Sir都沒有。其實羅寒單也沒有，但拉他跌倒的俞力行有：「幹掉老闆，就沒人能fire我！」

紅框，就是梅勝霜要賣的東西。

我翻開Alison、楊立功、安東尼的筆記來對照所有紅框。安東尼的紅框是：「別人恐懼時我貪婪！」楊立功的紅框是：「双胞胎」，Alison的紅框是：「整頓政府框架」。這些人，一個個全都買單了，而且我們全都真心實意買自己這單。每個人都堅持到底，所有人都功敗垂成，在自己人生要衝破最高成就的前一步落馬，摔死在地。我卻還活著，死的是梅勝霜。

我為什麼是「成交至上主義」？

人海茫茫，篩出值得你費心的

蛋室總能幫我梳理心緒。從書房走去躺在蛋室球心，必須經過玄關前的過道，那裡沒有燈。我第一次來訪的時候，坐在玄關前那個什麼也不是的空間，桌椅也是臨時拉去的。在這八個人之中，有多少人坐過那個沒有燈的位置？有多少人能被邀請到窗邊坐下，或甚去視聽區看電影？有誰也在蛋室躺下、枕在蛋心？我每次進入一個新空間，都有近一步登堂入室的快感。但第一次，真的是面試。如果我沒有通過，是不是就輪到七號歐陽雙飛？七號跟八號的筆記都非常短，只有背景調查，是不是因為我這個六號通過了面試？

初訪那天，梅勝霜的穿著霸氣外露，講話也比後來更咄咄逼人，這都還好。把人留在玄關口，不邀人家進房子，我本來以為是沒客廳，現在想想，只是沒通過面試的人，沒資格探進這個與她內心精緻度完美相符的房子。

我怎麼通過面試的？

她第一次認真看著我的眼睛說話，我正在拷問她：明知安東尼的財務狀況不適合，為何還是決定賣探花廛給他？我表現出對安東尼的執著，也暗示她對安東尼之死有責任。然後我就陷入屁股與瀉藥裡了。

第一次掉進糞坑之前，她的談話方式已經發生過一次轉折。所有的代筆案主，都把代筆視為工具人，因為我們的確是。即便客氣如楊立功，也只是確認我有沒有被送上未拆封的瓶裝水和空調是否對我太冷，餘下的時間我都是待機待命，把案主想到的話全數記錄下來的人形留聲機。但梅勝霜從對話初期就開始確認我明白行銷與銷售的區別，甚至不斷設下情境題要我回答自己的解決方案。她想了解我，這對任何案主來說都不正常。甲方若不是有求於乙方，怎麼可能去花心力來認真了解乙方？你見過這種商場現實沒有？

行動目標：戮力服務你精挑細選的客戶

科技巨頭早就教過我們：如果你享受免費服務，從不付錢，你就是商品。憑我純實力派的外貌，有錢的美女案主幹嘛要主動聆聽和深入理解？我又不是帥哥安東尼。

安東尼的筆記編號是3號，他都死好幾年了，我第二次進書房的時候，桌上剛好放著3號筆記本，是巧合嗎？明明第一次我花了這麼多力氣問安東尼的事，表明了自己既有興趣、又有探究。嗝出一杯拿鐵，不是什麼困難的事。洗澡是很長的時間，完全足以讓我第二次偷摸進她書房看資料。此後她的書房都上了鎖，難道不是在防我？

她要我在蛋室裡躺一躺也非常無稽，但在剛從書房攝入大量資訊之後，能靜下來處理過量資訊實在很棒。後來她燒的那壺水也沒拿來泡茶，純粹就是給我時間好好想想。我要是夠聰明，當時就該懂得害怕：給安東尼的銷售陷阱挖得明確，他不跳都不行。

我的三十頁筆記裡，出現過兩次「烏間」、一次「卵仁」。烏間用台語讀，就是暗室或黑房間。環顧蛋室，我就是卵仁。烏間和卵仁對梅勝霜而言，是值得記在我小本本上的事件，WHY？

二、深掘客戶

梅勝霜之外，我此生最了解的女人大概是楊立功，深度跟廣度都超過我媽我姊跟前女友。梅勝霜跟我大聊楊立功的時候，明明她們沒什麼商業銷售關係，我也不以為忤，一來覺得她們可能認識，二來是我對楊立功太熟悉了。人一旦遇上自己超熟、別人都不熟的話題，很難不大談特談，我也沒能抗拒這誘惑。

這招我常用，對賽車手、模型專家、投資達人，甚至國會議員都很有效，只有總統府發言人不容易中招，畢竟人家的專業就是官方說詞。在我想把梅勝霜當易開罐給揭開的時候，她已經在用我的魔法對付我。

「需要的東西不必你推，想要的東西才輪到你賣」

我的筆記第一頁就是三巴化工官商勾結汙染特稿。你知我知深傳媒知，這稿子一出去，三巴一定撤廣告，我也別想好好工作了。但我還是做了那份特稿。只想糊口賺錢的記者，怎麼可能幹這種吃力不討好的事？

把這項事蹟寫在我的第一頁第一行，表示這是梅勝霜注意到我的第一項特質。她明明知道我不貪財，還會為了正義，走下排水溝掏挖真相，卻一見面就拿報酬來釣我。

撬出客戶自己都說不出口的深層欲求

一開始的賭約實在太強大了，既沒有實質威脅感，讓我放下戒心，又讓她直接索問我究竟如何買單的決策歷程。我就白白告訴她：我正是沒辦法克制要證明自己聰明、自己很強的那種男人。比起穩定寫在合約裡的稿酬，我情願一賭，來證明自己就是那麼行。

在這項直男病上，我跟安東尼、俞力行如出一轍：我們就是需要個地方安放雞雞。俞力行沒辦法失去工作，更不願意多年資歷放水流；安東尼拚盡一生都在對他爸證明自己可以白手起家，簡直是迪士尼主角標準的父子情結；我，我認定自己雖然缺乏外貌優勢，腦子卻能在幾乎任何地方取得優勢。給安東尼挖的坑，換個題材，恐怕我就會搶來鏟子自己掘深，挖完還平躺在坑底。

行動目標：揀出你賣得動的那件

「成交至上主義」是她要賣我的東西。我只要賣她任何東西，就能贏。我不喜歡輸的感覺，所以一定會拚命贏，她看穿我是個能拚命的傢伙。但她要怎麼看穿我會賣她什麼？

我在幾次訪談裡都表現出對銷售實例的濃厚興趣，甚至對每位的死亡原因多方探究，記者本色還是越過代筆職掌，被發現了吧？在理解案主和銷售，以便完成書約和賭約之外，我對案主以外的事主，無論是楊立功還是安東尼，甚至俞力行，都太感興趣了。記者對死人感興趣，不是想調查他們的死因，就是想釐清他們的死背後的糾葛。

梅勝霜大概很早就看穿我不會放過這些案子，也有機會逼近真相，才會給我窺伺書房的機會，兩次。這兩次的資訊總量就夠了，夠我跌進尋找真相的坑。安東尼紅框裡的「別人恐懼時我貪婪」，完美揭示他去信用貸款，失去最後一分財務彈性的心態：覺得自己能贏。我太了解這種心態了。

這種坑，帥了一輩子的富二代安東尼哪能忍住不跳？帥哥比美女稀缺，他們一輩子都是目光焦點，人人都善待他們，格外輸不起。安東尼又是個有腦子的，自己能搞出新技術來，怎麼會不渴盼端出靠自己成功的圓滿大結局？只要一則利多消息，就能勾出憑實力來快速補上財務缺口的誘惑，墜入短期信貸的違約陷阱。

我一開始完全覺得自己能贏，是基於能學會銷售的自信，不料找出能賣給梅勝霜的東西哭爸難。我真的一度以為她對安東尼有歉疚、對楊立功有遺憾，我能把自己最拿手的「真相」拿去賣給她。天真，那才不是她期待我成交至上的目標。

把我自己賣給她當情人也是不得已。一個禮拜見到一次實體，要怎麼讓她這種女王等級的人在設局殺死我之前再也殺不死我？我只能先賣出一段關係，才好永遠結束這段關係。

三、自找時機

此時此刻，我仰躺在蛋室，後腦勺嵌在卵心，享用柔和淡綠均質光源帶來的平靜清醒。「烏間」和「卵仁」，每次都記在筆記上。這兩個空間是梅勝霜家居設計的極致，能用場域逼出人腦極限。她逼出我的人腦極限，是想幹嘛？

「清楚知道在等什麼，時機來了你才抓得到」

暴嘔拿鐵那天下午，她清楚知道我進了烏間，就再指使我去卵仁躺躺。當天烏間桌上只放了一本金字3號的安東尼小本本，可以當作上次被我問一堆安東尼問題，她在回顧，但也可以是請君入甕。翻完，還趁記憶新鮮，特地給我時間空間去搞清楚究竟發生了什麼事。她，想要我，搞清楚安東尼的案子。或者說，她想要我搞清楚她跟安東尼在探花廛以外的千絲萬縷。

我的確看穿選擇面對大馬路的阿勃勒路樹中間墜地的安東尼，又揪出急著跟銀行借錢來還錢給爸爸的安東尼，背後有同一條動機。從那一刻起，無論是安東尼、楊立功，以及把梅勝霜推上銷售女王地位的羅寒單之死教唆嫌疑，都不是我能放過的事。我本來就是這種人，沒搞清楚真相才不會收手，這就是她找我來的理由。

帶四杯咖啡去採訪的前一週，她就記下第一次的「烏間」。我看她進房間洗澡換衣服，還在心裡大喊賺到。天真。咖啡雖然是我帶去製造溜進書房空檔的道具，她用得比我還透徹，不愧是銷售女王，連製造機會都這麼順水推舟。

賣點在：最大推力×最小阻力的黃金交叉

我對梅勝霜的疑心，起於楊立功跟她的 Google Maps 街景照片。我第一次確知：梅勝霜雖然沒有撒謊，但絕不老實。「誰不認識楊立功？她不認識梅勝霜而已。」她講的是實話，但足以令人誤解成：兩人不相識。腦子若轉快一點，能聽出：楊立功不知道梅勝霜的名字，但不保證沒有交集或微薄的交情。我也不知道上次我經濟艙座位旁那位韓國大哥的名字，但我知道他住浦項，是機械工程師，有兩個女兒和兩條狗，在保守勢力為主的嶺南地區堅定支持共同民主黨，還非常喜歡吃東坡肉。人與人之間相談甚歡，本不必通報姓名，何況在同一個診間裡、為同一個症狀所苦的女人？

發現 6 號筆記本裡「氧乙炔氣」和「永隆」瓦斯行的電話號碼跨頁後，還寫了楊立功生產的醫院婦產科班表，我心臟緊縮到差點走不出書房。筆記本這種東西，誰不是一頁一頁順接著寫？梅勝霜不是波波，懷疑米香氣爆跟楊立功缺血有關後，才開啟調查，梅勝霜就是楊立功的死因。當時她叫我來蛋室躺躺，我在這粒卵仁的位置上想出氧乙炔氣這種氣體和氣爆或許有關係，又發現這頁的前後紙頁寫的都是產婦資訊，臉上忍住眼淚、心裡壓下懷疑，寫稿的時候還要按捺自己深黝的恐懼，寫出事實，又不把嫌疑導向梅勝霜，快要內傷。我從此知道自己知道的太多，卻不知道她知道我知道多少。狡兔死，走狗烹，我還比不上狡兔，只是走狗。至此，梅勝霜已經把狡兔放到走狗鼻子底下，從裡到外嗅聞一遍。

羅寒單的小本本上，俞力行的分量如此之重，還獨享羅寒單也沒有的紅框框：「幹掉老闆，就沒人能 fire 我！」幾乎喧賓奪主。他也是走狗。

我知道她知道我終將知道俞力行是她的走狗，因為我能進烏間和卵仁根本完全出於她的安排，所以我才非得在她體溫漸失的十幾分鐘內，持續哭到聲嘶力竭，誰能保定她家沒有隱藏攝影機？在第二章就寫出自己闖入書房，也是沒撒謊但絕不老實的投誠自首過，最不容易被懷疑。

我一心認定金字1號筆記本當然是羅寒單的專屬小本本，直到想起梅勝霜問過：「我客戶是俞力行還羅寒單？」當時認定答案顯然是買一品閣的羅寒單，而梅勝霜要賣的東西是羅寒單重新當選，為他女兒選議員鋪路，才要媽祖轎前綜藝摔。我還真沒想過，她的客戶是俞力行，有紅框框的俞力行、買單的俞力行、還活著的俞力行。

她能預料，我訪談會問到羅寒單，甚至會問俞力行，畢竟教唆指控可是「銷售女王」的由來。楊立功的傳記《長公主豈是人人能當？》若不說明「長公主」的成名戰是三巴人壽公關事件，像話嗎？正是詳問她一品閣和羅寒單的過程裡，我才想到：梅勝霜的成交對象，不見得是銷售目標。

我想成交，但是客戶很難親自赴死，幫她一把還不成嗎？梅勝霜紅框框裡要賣我的是：「成交至上主義」。她得先成交，我才會成交；我一旦成交，她也達標。這賭約一開始就注定雙贏。

一旦我認清死亡是銷售目標，她紅框框裡的「成交至上主義」就順勢售出。狡兔死，走狗烹。把人類當成狡兔咬死，走狗就能活。狡兔親手打開犬閘門閂，撞開門衝出去就是走狗的事了。

行動目標：創造成交時刻

我不夠聰明，才有了把奶油餅乾放在我額頭上的黃金獵犬時刻。當時覺得荒謬無比，現在一想，荒謬無比的是我。她苦心教學了這麼久，我還沒發現自己身處險境，唯一脫身之法只有讓她無法殺我滅口。

從下定決心到付諸實踐中間，峽谷之深，常人如我哪敢縱身一躍，放手殺人？額頭上的奶油餅乾讓我體會到：以舉手之勞作為起點，終點也能莫名其妙放大成赴湯蹈火。但我得先出發才行。

四、反客為主

梅勝霜說：「我這輩子養出一身好本領，不寫本武功祕笈來傳給人怎麼好意思咧？浪費。」我從頭，就劃錯重點。這句話的重點不在浪費，也不是傳給人，得落在一身好本領。亢龍之所以有悔，正是因為已經登頂，找不出任何進步空間了。連死亡都能順利銷售，這世上還有梅勝霜賣不動的東西嗎？要說還有什麼她賣不動的東西，大概就是把死亡賣給自己吧。她這麼縝密的人，哪有辦法給自己安排驚喜？

如果成交至上主義是她要賣給我的觀念，第一次見面的第一段對話她就成交了，兵貴神速。只是彼時我實在沒學會銷售的真義，就算立下成交至上主義的宏願，也還沒那個本事找出怎麼賣。把我給教會，讓我來銷售死亡給她，是銷售女王梅勝霜破頂而出的企劃。

苦了銷售女王，要別人賣東西給自己，還要先教會別人怎麼賣。養條走狗怎麼就這麼難？

「有的選，人就猶豫。直接放在客戶的鼻子底下！」

明明知道楊立功死於植入性胎盤，還窺得她的子宮手術紀錄，甚至跑去寧馨診所騙過楊立功的背景資訊了，還沒意識到梅勝霜怎麼操作，就是我笨。更笨的是，俞力行的判決書裡白紙黑字記錄下老人膝蓋的弱點，我也沒有用兩個案例交叉比對來幡然醒悟：要找出一個人最脆弱的時刻，就得從原本就有毛病的點切入。我笨、我懦弱、我後悔莫及。

找我陪她去聖芳濟醫院，顯然是為了給蠢蛋如我一個實習機會，順便發覺事有蹊蹺，筆記下一頁才是韓凜的實習案例，被用紅筆圈起「利用媒體」，顯然是可圈可點的肯定。女王學院連課程安排都這麼仔細，親身指導實習。我至今恨她用 Alison 當這場實習的成交案例，但不否認，若不是 Alison，我哪那麼快被引發危機感和恨意，快速自學上手？

Alison 死了，梅勝霜似乎是真的傷心。如果我沒有那麼蠢，就能在她殺死 Alison 之前成交，對大家都好。怪只怪我，非得等到梅勝霜親身示範身體病灶，還當著醫生的面撒謊，甚至連走狗韓凜都指派給我牽線，我才後知後覺。

讓客戶覺得是自己找到答案

Alison 這種人，居然作為銷售女王的教材而折損，要不是我身陷其中，也不會相信。想說服自己：Alison 不是因為我對她的無邊崇拜而死。說服不了，才有源源不絕的恨來當燃料。

直到被滅口的恐懼和偶像被謀殺的憤恨終於指向同一個人，我才別無選擇，開啟以復仇為意義的第二人生。

行動目標：自己得出結論，就很難推翻

第一次叫我來卵仁試躺之前，她拿鐵吐了滿桌。洗漱完，鼻息裡還有胃酸的氣味。她說是胃食道逆流，但胃酸要是沒有通過咽喉、甚至鼻腔，只在食道內，鼻息不該有明顯的酸味，食道跟鼻腔可不相通，她其實是咽喉逆流。我也是那次才開始注意到她的咽喉問題。

「你賣我個東西」這個賭約巧妙，什麼內容都不規範，只要我自己找出答案。只要把「找出能賣她什麼」這個想法埋進我心裡，她就成功了一半；另一半就要賭我有多使命必達。另一半容易，否則三巴化工和三巴水泥的弊案報導怎麼生出來？

我從她的財務狀況到交友情形，祖宗十八代都快查出來了，還假意訪談了大學室友，都沒什麼著力點。從她家的格局跟布置，我也從心理學什麼的一路分析，結果也就是：梅勝霜是個非常清楚自己要什麼的人，而且能在現實裡執行出來。我在卵仁一轉頭，就看見窗外完美觀音山側臥曲線。這顆淡綠蛋室，就是完美執行的最佳體現。

銷售死亡這項專業上，我不可能跟她拚執行。

找黃泉華醫師和聖芳濟的王醫師談過，我非常清楚自己不可能執行規模這麼複雜的計劃。如果只是羅寒單那種程度的踩踏意外還有點機會，但梅勝霜實在太宅了。把她叫出來的理由太少，很難順便製造其他條件。最佳執行場域還是她家，她的主場。

她嗆到的頻率遠多過一般人，我已經記錄了四個月。她的防禦值最低點在咽喉，我的攻擊力最高點在烹飪，這是我與她，最大推力×最小阻力的黃金交叉。

一直到我反覆驗證她容易嗆到的情境，知道她笑的時候最容易嗆著自己，我開始分析她的笑點落處。梅勝霜笑點之所在，就是我的成交時刻。希特勒跟日本廚師之間的喜劇張力太強，誰能想到軸心國能在近一個世紀後繼續殺死台灣人？

以復仇為意義，沒計劃就只能用暴力，我看起來有這麼傻嗎？梅勝霜看透了我，知道自視甚高的菁英當然會選擇智取，而且不會讓自己墮入負罪地獄。她親身示範過，殺人必須無痕，否則跟平民有什麼區別？既然編出只有我才能完美執行的計劃，必不負她。

五、提升成交率

Alison的術後感染、羅寒單的踩踏傷害、楊立功的植入性胎盤、安東尼的自尊恥度，沒一個能保證成交。隨便拿一把爛刀戳進人心窩，當場確認死亡，都有效得多。可是處理凶器和不在場證明實在太難了，我怕做不來。

事前做足準備，讓所有不利條件都在人最脆弱的時刻發生，還是能有效提升成交率。再不濟也能保持無罪脫身，下次再戰。

處理安東尼跳樓案的警察給了我一個很棒的洞察：只要無法想像死因是由外力介入造成，就不容易往刑案方向偵查，能當場結案。警力不足，警察太累了，何苦節外生枝？

「知道要賣什麼，才能找出怎麼賣」

我也考慮過更自然舒適的方法，例如脣上難以止血的靜脈湖病灶破裂，失血而亡，可以作為楊立功之死的報應。但是流血不止實在太花時間了，而且本人一定會注意到出血，可以馬上求診。就算是睡前或泡熱水澡時出血，這麼小的傷口要致死還是太勉強了。

窒息式性愛失手致死，我的責任也太重，不划算。

找出人體最弱點，設計出所有環節都能完美配合的成交時刻，還是最佳解。我從梅勝霜吃果凍、吸珍珠、嚼米苔目的每一次都觀察吞嚥，還會在她吃到一半的時候調笑著與她接吻，確認她咀嚼和吞嚥的習慣，釐清她能容許多大的食物顆粒通過咽喉。偶然發現整粒珍珠後，手工笊籬年糕該有的尺寸也確認完畢。

賣十次，勝過只賣一次

能從她的每一案裡抽繹出「賣十次，勝過只賣一次」，我本來非常得意，興奮不已，覺得能用自己不精的學藝，達成必要的成交率。

想想，這道心法才應該是第一條。金字8號筆記的起點就是八人名單，光是銷售員人數就能保證重複推銷。證明自己學會銷售之前，我在帳上也只算作八分之一的成交率。她教我銷售，絕對是真心的。自己的成交率自己提升，自給自足。

躺在淡綠蛋室的卵心，我突然好奇：「從理論到實踐」的何霜潔怎麼了？她失敗了？還是她來不及出手，我先下手為強？作為頁數最多，而且有紅框框的兩名推銷員，成交的顯然是我。

行動目標：成交

我其實差點來不及成交。我那本筆記頁面上，她記下「有駕照、無車」。我有駕照，無車，工作的時候通常都開公務車。我在市區車開得還行，但對車子的保養維修和零件都一竅不通。梅勝霜有一台車停在院子，沒見她開過。這裡的山路挺陡，又彎，要是她哪天請我開車下山幫她拿金蓬萊的排骨酥加香菜牛肉鍋，而她的車子煞車失靈，在我下一個順位的歐陽雙飛，筆記頁數可能就會增加不少。

一個不行，就換下一個來，梅勝霜是鐵了心要成交。沒有出過手的人很難理解，為什麼會想要找人為自己成交。我想是累。我才幹這麼一票，就已經累到連窗外夕陽背光的觀音山剪影都不貪戀，想沉睡到下輩子再醒，何況十三本金字筆記，個個都要重複推銷的梅勝霜？

觀音山，能完美看出觀音側臥角度的位置，少得出奇。在台北市別墅區的陽明山上，用一整面落地窗坐擁觀音側臥的完美角度，地段得多貴？早年的美軍駐點和美國在台協會官邸、美軍俱樂部，都是台北市開發的早期能取得的最佳地段。梅勝霜家所在的這一側跟官邸一樣，是軍用地，平民無法取得建築執照。前一個取得這塊地的業主，是三巴建設。

我有一個大膽的想法：無痕殺人是很貴重的才能，值得財團購入。梅勝霜親手設計一整套課程來帶我學會銷售，是不是她太累了，出來抓交替？

後記

如果你讀到這裡，沒有，我沒有殺人。案主梅勝霜小姐明確允許我以任何形式來寫這本書，不必拘於規格，我才用小說型態來串起梅小姐的言行和客戶。用客戶之死來引發讀者好奇，就能把銷售女王的心法在故事情境裡體會一遍，自然而然學會女王級銷售術。

我做給梅勝霜的每一道菜都是真的，但那是為了取悅她，不是意圖傷害她。她的確在大年初一被年糕噎死，但那是意外，跟羅寒單在天后宮門檻前跌傷一樣慘酷的意外。她的咽喉確有會厭過低、容易嗆到的問題，但因此不喝珍奶、不吃年糕，也太因噎廢食。我的確講了那個加拿大的笑話，不正是因為知道她會喜歡，才更要講給她聽？梅勝霜小姐勸進楊立功小姐懷雙胞胎，也一定是基於好事成雙的美意，不是蓄意提升人家的妊娠風險。我在廚房準備第三碗牛骨湯的時間，因為音樂簾幕，也因為研磨器的聲音，是真的沒有聽到外面動靜，才沒有及時救助。梅勝霜小姐介紹巴陵銀行業務給安東尼，也是因為太致力於成交，忽略了客戶的其他動靜。一發現不對勁，我不也馬上打電話求助嗎？只是缺乏醫學知識，不確定她是不是真的噎到，也不知道傳說中的哈姆立克法到底怎麼做，結果錯失救助良機。梅勝霜想把名醫韓凜賣給 Alison，應該也是缺乏醫學知識，又不明白媒體名醫的弊端，才陰錯陽差間接導致 Alison 術後死亡。

如果梅勝霜小姐純是一片善意，只是陰錯陽差，客戶意外死亡，我也是。畢竟誰能保證讓別人噎著呢？甚至還精準掌控嗆噎的時間點，這根本只會發生在小說裡。梅勝霜小姐有法院裁定無教唆嫌疑，我也有專業救護人員宣告意外死亡，我只是剛好在場。

多麼不幸，梅勝霜小姐跟楊立功小姐一樣，沒有活到自己的書出版的日子。我分別把她們的書拿到墓前，燒了一本給兩位案主，以表哀思。

願本書讀者都能充分領會銷售女王梅勝霜的心法。如果銷售之術非您所需，至少您也體會到保護個資的重要性：一點點專屬於您的細微線索，到了擅用的人手上，都可能成為用來對付您的工具。

感謝總編莊司，建議我以推理小說的格式來寫這本書。感謝台灣犯罪作家聯會的前輩，幫忙審閱亂七八糟的初稿。感謝這本書前後的編輯冠龍、偉傑、維瑪，幫我修整本書。其他給過本書意見的編輯，凱婷、致安、彥儒，感謝你們的專業意見。另外，小說家四弄一號、白帽子、陶曉嫚、RIVER都在改稿階段給出非常具體的意見，謝謝你們。奶奶是我人生中第一個認識的強勢女性，她是楊立功、Alison，甚至梅勝霜的人物原型。

Gr 類型閱讀 61

客製死亡

作　　者	麟左馬（為本書程遠的代筆人）
副 社 長	陳瀅如
總 編 輯	戴偉傑
責任編輯	丁維瑀
選　　書	何冠龍
行銷總監	陳雅雯
行銷企劃	趙鴻祐
封面設計	高偉哲
排　　版	顧力榮
出　　版	木馬文化事業股份有限公司
發　　行	遠足文化事業股份有限公司（讀書共和國出版集團）
地　　址	231 新北市新店區民權路 108-4 號 8 樓
電　　話	(02) 2218-1417
傳　　真	(02) 8667-1891
Email	service@bookrep.com.tw
郵撥帳號	19588272 木馬文化事業股份有限公司
客服專線	0800-221-029
法律顧問	華洋法律事務所 蘇文生 律師
印　　刷	中原造像股份有限公司
初版一刷	2025 年 9 月
定　　價	新台幣 400 元
ISBN	978-626-314-863-5
EISBN	978-626-314-864-2 (EPUB)
	978-626-314-865-9 (PDF)

國家圖書館出版品預行編目 (CIP) 資料

客製死亡 / 麟左馬著 . -- 初版 . -- 新北市：木馬文化事業股份有限公司出版：遠足文化事業股份有限公司發行，2025.09
320 面；14.8x21 公分 . -- (Gr 類型閱讀)

ISBN 978-626-314-863-5(平裝)

863.57　　114011121